UN FUOCO DOLCE

IL FUOCO DELLA PASSIONE

J.H. CROIX

 Creato con Vellum

Capitolo Uno

JESSE

"Mi ha appena mandata a quel paese?" mi chiese la dottoressa Lane, senza neanche sollevare lo sguardo dallo schermo del suo portatile convertibile.

Maledetta la mia linguaccia. Dopo qualche secondo la dottoressa sollevò lo sguardo, sistemandosi gli occhiali sul naso.

"Così pare," le risposi, con un sorriso imbarazzato. "Non voglio passare altre due settimane senza lavorare. Non ce la faccio più."

Inclinò la testa di lato, seduta sul suo sgabello. I suoi occhi grigi mi studiavano il volto, celando chissà quali pensieri. Santo cielo, quant'era rigida.

Qualche mese prima mi ero lussato una spalla sul lavoro, e quindi ero lì nel suo studio per una visita di controllo. Nonostante i problemi al tendine, forse l'avevo sforzato un po' troppo, ignorando le raccomandazioni. La dottoressa Lane era arrivata a Willow Brook da relativamente poco, per affiancarsi al dottor Johnson, un vecchietto scorbutico decisamente meno rigido di lei.

Avrei proprio preferito si sciogliesse un po'. Cioè,

era assurda. Teneva sempre i capelli raccolti alla perfezione e si nascondeva dietro un camice bianco. Ero comunque convinto che avesse un corpo da urlo, o almeno, il mio pene la pensava così. Ogni volta che la vedevo mi si irrigidivano *tutti* i muscoli.

Feci roteare la spalla infortunata, ignorando l'accenno di dolore. "Helen ha detto che è guarita e che sono pronto per tornare al lavoro," le spiegai, riferendomi alla fisioterapista.

Helen era una donna affettuosa e amichevole, sempre premurosa e generosa. Se con lei mi sentivo sempre rilassato e tranquillo, la dottoressa Lane riusciva a trasmettermi l'esatto opposto. Avevo bisogno di tornare al lavoro, ma purtroppo dipendeva tutto da lei.

La dottoressa si sistemò di nuovo gli occhiali, voltando leggermente la testa mentre posava il portatile sul tavolo. Quando mi guardò, notai per la prima volta una ciocca viola tra i capelli scuri. Onestamente, quel tocco di colore mi lasciò *assolutamente* perplesso.

Ma prima che potessi fermarmi a rimuginarci sopra, mi riportò alla realtà. "Mi dispiace, ma ha il tendine irritato. Probabilmente l'ha sforzato troppo presto. Se questa volta magari lo lascia a riposo più a lungo, non avrà lo stesso problema. Capisco la sua frustrazione, ma lo faccio per il suo bene."

Soffocai l'ennesima imprecazione. Certo, ero nervoso, ma mica uno stronzo. Avevo già superato il limite qualche minuto prima mandandola a quel paese. Feci un respiro profondo e sospirai, passandomi la mano tra i capelli. Purtroppo lo sapevo pure io che aveva ragione. "E va bene. Capisco. In realtà Helen ha detto la stessa cosa, solo che lei è più facile da persuadere," replicai, sfoderando un ghigno furbo.

Per qualche motivo, quella ciocca viola riuscì a

placare le mie ansie. Probabilmente mi sbagliavo, magari non era una donna così rigida come l'avevo dipinta. La dottoressa dischiuse le labbra, ma non disse nulla. Ancora non avevo capito il perché, ma mi divertivo sempre un casino a darle fastidio.

A esclusione delle visite di routine, l'avevo sempre vista dopo una giornata passata a lavorare, sporco di cenere e fuliggine. Forse dipendeva tutto proprio da quel contrasto tra la mia rozzezza e la sua aura perfettina e ordinata. Essendo un hotshot, dopo ore a domare un incendio ero tutt'altro che perfettino e ordinato. Per non parlare poi dei vari infortuni legati a un lavoro tanto massacrante.

"Quindi non le dispiace attendere altre due settimane?" mi domandò.

Come mi strinsi nelle spalle, una leggera fitta di dolore mi attraversò il braccio. Aspettare ancora sarebbe stata decisamente l'opzione migliore. Mi stavo annoiando a morte, relegato in ufficio tra pile e pile di scartoffie. Avrei alquanto preferito buttarmi in campo insieme alla mia squadra. Amavo il mio lavoro, perfino lo sforzo fisico che ti prosciugava l'animo.

"Sopporterò," le risposi infine, scivolando giù dal lettino.

In quel preciso istante, però, anche la dottoressa Lane si alzò in piedi. Come sollevai la testa, la trovai a qualche centimetro da me.

Scariche elettriche presero a scorrere violente tra di noi, mentre il suo buon profumo di lavanda mi inondava le narici. Incrociò il mio sguardo, gli occhi sbarrati. Da così vicino riuscii a notare una traccia di violetto nell'iride. Un sussulto le sfuggì dalle labbra, la sua bocca come una calamita per i miei occhi.

Non ci avevo mai fatto caso prima di allora, ma labbra carnose e morbide le adornavano il viso. Maledizione, quanto avrei voluto baciarle. Fece subito un passo indietro, finendo a sbattere contro il tavolo alle sue spalle. All'impatto, le cadde la cartellina dalle mani.

"Oh, merda!" imprecò, chinandosi a raccoglierla.

Purtroppo, o per fortuna, mi piegai anche io di riflesso. Le nostre mani si sforarono e un formicolio caldo mi salì dalle dita su per tutto il braccio. In quella posizione, sbatté la testa contro la mia spalla.

Quando raddrizzò la schiena notai le guance rosse come due ciliegie. Il desiderio di baciarla diventò quasi irrefrenabile, ma riuscii a soffocarlo.

Nel frattempo, la sobria dottoressa Lane aveva l'aria nervosa e imbarazzata. Per la prima volta, era uscita fuori la sua parte umana.

"Quindi anche una come lei dice le parolacce," commentai, facendole l'occhiolino.

Arrossì violentemente. "Che vorrebbe dire? Certo che le dico," mormorò.

Stava chiaramente cercando di darsi un tono. Raddrizzando la schiena si passò una mano sui capelli, che avrei tanto voluto vedere sciolti, e poi sistemò gli occhiali sul naso. Dopo averglielo visto fare così tante volte, iniziò a venirmi il sospetto che fosse un tic nervoso.

Le parole mi sfuggirono prima ancora che potessi fermarle. "La rendo nervosa, per caso?"

Wow, complimenti, bello. Ottimo modo per peggiorare la situazione.

Per poco non alzai gli occhi al cielo, a quel monologo interiore.

La mia domanda la prese alla sprovvista. Si sistemò nuovamente gli occhiali, posando lo sguardo sulla cartellina che tenevo in mano. Senza indugiare gliela porsi e se la strinse forte al petto.

"Non credo che 'nervosa' sia il termine più corretto," rispose. "Ogni volta che viene qui la vedo seccato e infastidito, quindi mi dispiace."

Non me l'aspettavo. "Oh." Stavo quasi per negarlo, ma in realtà era vero. Durante le altre due visite ero piuttosto seccato. Ma non in quel momento.

Mi strinsi nelle spalle. "Scusi, non è colpa sua. Ce l'ho con la situazione, non mi piacciono gli infortuni."

Al che sorrise, riuscendo a lasciarmi senza fiato.

Le si arricciarono leggermente gli angoli degli occhi come un sorriso le sfiorò le labbra. Con un'espressione più rilassata e affettuosa, replicò, "A nessuno piace farsi del male, sa. Ma con un lavoro importante come il suo, immagino sia difficile prendersi una pausa."

"Beh, sì, mettiamola così," risposi ironico, cercando di soffocare le reazioni del mio corpo. Dovevo fuggire da quella stanza minuscola perché il suo profumo mi stava facendo impazzire. Mentre ragionavo su cosa dire per levare le tende, qualcuno bussò alla porta.

Capitolo Due

CHARLIE

Capitolo Due
Charlie

Guardai Jesse Franklin dritto negli occhi. Sentivo ancora la pelle fremere nel punto in cui l'aveva toccata. Ero nervosa come non mai, le guance in fiamme. Ma in fondo succedeva ogni volta che vedevo Jesse Franklin. I suoi occhi erano di un verde limpido e profondo. Non ne avevo mai visti di simili prima di allora. Con i capelli ricci color ambra, il fisico statuario e i lineamenti decisi — mascella squadrata, naso pronunciato, zigomi marcati — era... beh, era terribilmente bello.

Aveva ciglia talmente folte che quasi sfioravano le guance con ogni battito. Facevano proprio invidia. Madre natura era stata fin troppo generosa con Jesse Franklin. La curva sensuale della bocca era peccaminosamente invitante. Ma dovevo scrollarmi di dosso quei pensieri così inappropriati. Porca miseria, era un mio paziente. Era lì per un controllo alla spalla, niente più. Eppure...

Mi strinsi la cartellina al petto, come se potesse proteggermi dalla violenta vampata di calore che stava avvolgendo il mio corpo. Per la prima volta, Jesse Franklin non aveva l'aria scocciata. Mentre cercavo di fare ordine tra le idee, qualcuno bussò alla porta. Grazie al cielo. Ero rimasta completamente paralizzata, ogni muscolo pietrificato dalla vicinanza tra i nostri due corpi, la sua presenza fisica così intensa da farmi venire le vertigini.

Feci un passo indietro, rischiando di far cadere di nuovo la cartella. Corsi ad aprire la porta e trovai Rachel, la mia assistente. Ci guardò entrambi, con un sorriso sulle labbra. "Ti cerca la signora Stan."

I suoi occhi azzurri incrociarono i miei e un senso di profonda angoscia mi travolse. Quella frase era un codice per dire ben altro. Si riferiva a un problema personale che purtroppo mi stava tormentando da troppo tempo. Presa dall'ansia feci per uscire dalla stanza, ma mi fermai di colpo quando Jesse chiamò il mio nome.

"Devo fissare un altro appuntamento?" domandò.

Cercai di placare l'angoscia e mi voltai a guardarlo, sistemandomi gli occhiali sul naso. "Certo che sì. Mi scusi, ma si tratta di un'emergenza. Si rivolga pure a Sandy alla reception, organizzerà tutto lei. Continui a farsi seguire da Helen e vedrà che tra due settimane potrà tornare a lavorare."

Il suo sguardò si soffermò nel mio e un'altra ondata di calore mi travolse. Nonostante le circostanze, il mio corpo non riusciva a fare a meno di reagire a ogni suo stimolo. Però ormai nella mia vita non c'era più spazio per il romanticismo. Affatto. Quel lato di me l'avevo messo in ibernazione.

Mi fiondai in corridoio e Jesse mi seguì, riuscendo

a stare al mio passo con le sue lunghe falcate. Ero troppo scossa per mettermi a fare conversazione, quindi lo ignorai finché non raggiunsi la porta del mio ufficio.

"Ci rivediamo tra due settimane," lo salutai in tutta fretta, prima di entrare e chiudermi la porta alle spalle. Mi ci poggiai contro con un sospiro e feci qualche bel respiro profondo per calmarmi. Ma era praticamente impossibile. Corsi alla scrivania, presi il telefono e cliccai sul contatto rapido.

Mia madre rispose al primo squillo. "Dove sei? Tuo padre non è ancora tornato e questa non è casa mia."

Alle sue parole mi si strinse il cuore. Con un bel respiro, cercai di trattenere le lacrime. "Ciao, mamma. Tra poco sono a casa, va bene?"

"Dov'è tuo padre?" insistette, il tono confuso.

"Non ci sarà, stasera," le risposi.

Mi fece qualche altra domanda e risposi meccanicamente come al solito, cercando di mantenere la calma senza far trasparire la benché minima preoccupazione. Conclusi la telefonata e qualcuno bussò alla porta. "Avanti."

Rachel entrò e si chiuse la porta alle spalle. "Va tutto bene?"

Incrociai il suo sguardo affettuoso. Avrei tanto voluto abbandonarmi alle lacrime, ma non era affatto il momento. "Mia mamma sta bene, grazie. Vorrei tanto ricordasse che papà è morto." Un'altra stretta mi serrò il cuore.

Rachel mi studiò il volto, ma strinsi i denti e trassi un respiro profondo. Potevo farcela. Ce l'avrei fatta. Raccolsi la tazza dal tavolo e bevvi un sorso di caffè freddo, tanto amaro da ridarmi almeno un briciolo di energie.

"Dai, perlomeno oggi Jesse Franklin è stato meno scorbutico del solito," commentai con una risata.

Rachel sfoderò un sorriso. "L'ho notato." Poi fece una pausa e un luccichio le attraversò lo sguardo. "Secondo me gli piaci."

"Eh?" le chiesi, infilandomi la giacca prima di prendere la borsetta dalla scrivania.

"Hai capito benissimo. In corridoio ho visto che aveva gli occhi incollati sul tuo sedere!"

Una vampata di calore mi travolse, ma la ignorai.

"Bah, secondo me sei matta. Lo trovo alquanto improbabile."

"E invece credici, te lo assicuro," replicò lei con un sorrisetto.

"Vabbè, non importa, no? È un mio paziente e non ho tempo da perdere con gli uomini."

Rachel alzò gli occhi al cielo. "Lo sai che il dottor Johnson ha conosciuto sua moglie proprio qui in clinica, vero? Viviamo praticamente nel bel mezzo del nulla e Jesse è venuto da te soltanto per una spalla lussata. Non è poi chissà cosa, dai."

La raggiunsi, afferrando la maniglia. "Devo occuparmi di mia nipote e di mia madre. La mia vita ruota tutta attorno a loro."

Aprii la porta e la superai, sentendo la sua voce alle mie spalle mentre mi allontanavo. "Sì, beh, potresti anche pensare di espandere i tuoi orizzonti, sai."

Evitai di risponderle. Non per essere maleducata, ma dovevo allontanarmi il prima possibile altrimenti le lacrime sarebbero sgorgate da un momento all'altro. Con l'emozione che mi strozzava la gola, percorsi a passo svelto il corridoio. Dopo aver fatto mente locale, stilai in silenzio una lista della spesa e mi fiondai al supermercato.

Non potevo accogliere Jesse Franklin nella mia

vita, che si fosse fermato ad ammirarmi il sedere o meno. Non avevo manco il tempo di fantasticare, figuriamoci frequentare un uomo in carne ed ossa. E sicuramente, conoscendomi meglio sarebbe fuggito a gambe levate. Nessuno avrebbe mai voluto condividere quel caos in cui ero costretta a vivere.

Capitolo Tre

JESSE

Era passata una settimana dall'ultima visita con l'incantevole dottoressa Lane. Maledizione, nel frattempo non ero proprio riuscito a togliermela dalla testa. Era bastato quel singolo istante di debolezza ad accendere in me un nuovo fuoco. Stranamente, per la prima volta non vedevo l'ora di tornare da lei per un'altra visita. Poi la mia pazienza stava finendo, avevo bisogno di tornare al lavoro per non impazzire.

Quel pomeriggio, la mia cagnolina stava trotterellando davanti alle finestre, guaendo e abbaiando di tanto in tanto, con lo sguardo fisso sul boschetto accanto alla casa. Waffle era un bastardino, a detta del veterinario con qualche segugio in famiglia. Aveva le orecchie molli e il pelo nero setoso, con chiazze dorate. L'ultima volta che l'avevo vista così agitata avevo trovato alcuni escursionisti che erano finiti nella mia proprietà. In Alaska valeva il principio del "vivi e lascia vivere" e, per quanto non mi dispiacesse, non mi andava proprio giù che degli sconosciuti mettessero piede praticamente in casa mia senza il mio permesso.

Chiamai Waffle e uscimmo di casa, avventurandoci

tra le ultime zolle di neve rimasta. Sapevo che con il suo olfatto mi avrebbe condotto subito alla fonte del disturbo. In qualche minuto raggiunsi l'angolo posteriore della proprietà, dove Waffle prese ad annusare alcune impronte che proseguivano fino al terreno adiacente al mio.

Continuai a seguirla perplesso, lo sguardo fisso sulla scia tortuosa di orme. Sinceramente, mi sarei aspettato di vedere le suole di scarponi da trekking, di dimensioni pure maggiori, e invece quelle lì saranno state poco più grandi della mia mano. Sembravano quasi quelle di un bambino, in realtà. Pochi minuti dopo, Waffle cominciò a rallentare il passo.

Il chiacchiericcio delle gazze tra i rami degli alberi riempiva l'aria, misto ai rumori di scoiattoli che sfrecciavano da una parte all'altra, infastiditi dalla nostra presenza. Sollevai lo sguardo e rimasi a bocca aperta per lo stupore. Davanti a me c'era un'anziana signora, con una lunga gonna svolazzante e una camicetta, che carezzava la schiena di Waffle. Si trovava su una piccola altura, ferma ad ammirare il paesaggio della vallata in lontananza.

Il panorama di quella zona dell'Alaska era coperto di boschi, una mescolanza di abeti rossi, betulle e pioppi. Willow Brook sorgeva ai piedi della Catena dell'Alaska, tra foreste che davano spazio a vallate e radure. Quel terreno apparteneva a Claire Parker, che da tempo si era trasferita in un altro Stato e l'aveva tenuto in affitto. A essere onesti, non conoscevo gli attuali inquilini.

Mi avvicinai alla donna, più confuso che mai. Cosa ci faceva lì fuori, soprattutto vestita in quel modo? Sebbene fosse iniziata da poco la primavera, l'inverno continuava a farsi sentire nell'aria gelida e la neve non era ancora sparita del tutto. Con abiti così leggeri, rischiava di andare in ipotermia. Era concentrata soltanto su Waffle e la carezzava con cura, parlandole dolcemente.

"Salve?" cominciai, arrivando accanto a lei.

Si voltò e un sorriso gentile le aprì il volto. "Ciao," rispose, come fosse assolutamente normale passeggiare per i boschi in quel periodo dell'anno con nient'altro che delle sneakers e vestiti primaverili addosso. Aveva il viso grinzoso e segnato dal tempo, l'aria adorabile con lunghi capelli neri e ciocche argentate raccolte sopra la testa da un fermaglio. Aveva grandi occhi grigi, con una traccia di violetto nell'iride. Mi ricordava qualcuno, ma in quel momento mi sfuggiva proprio chi.

"Sto cercando Danny," mi disse, come se avessi dovuto sapere a chi si riferisse.

Però in realtà di Danny non ne conoscevo proprio nessuno. Aveva l'aria disorientata, assolutamente ignara dei rischi che correva a vagare all'esterno vestita così leggera. Per evitare andasse in ipotermia, decisi che sarebbe stato meglio chiederle di seguirmi a casa per poi portarla in ospedale. Chiamare i soccorsi avrebbe richiesto troppo tempo, soprattutto perché avevamo già un bel po' da camminare.

"Guardi, non so proprio dove possa essere Danny, ma io sono Jesse. Perché non mi segue, così magari la aiuto a cercarlo?"

Entusiasta, mi rivolse un sorriso raggiante. "D'accordo," rispose, carezzando ancora la schiena di Waffle. Arrivò al mio fianco e mi seguì attraverso gli alberi. Waffle sembrava preoccupata quanto me e le rimase accanto mentre arrancava a fatica sulla neve. Quando la vidi tremare, mi sfilai subito la giacca e gliela passai sulle spalle.

"Non credo di averla mai vista prima, signora," commentai, per fare conversazione.

"Oh. No?" rispose, come stupita. "Sono di qui, sai. Vivo giusto in fondo alla strada, con Charlie, Emily e Danny."

"Potrebbe ripetermi il suo nome?" le domandai, sperando mi rispondesse.

Inciampò leggermente su una radice e la afferrai prontamente.

"Oh, Olive. Per caso conosci Charlie?"

"Non saprei, signora," replicai, ripensando a tutti i vari Charlie della zona.

Per quanto fosse vestita in modo assurdo, portava ottime scarpe da ginnastica. Non erano né impermeabili né tantomeno calde, ma erano comunque perfette per camminare. Arrivati a casa, la feci salire sul mio pick-up e telefonai a Maisie, la nostra centralinista, per informarla che stavo portando Olive all'ospedale. Ero preoccupato per le sue condizioni e piuttosto sicuro si fosse persa.

Dopo la mia spiegazione, Maisie sospirò. "Oh, grazie al cielo. Non sapevo fossi in servizio."

"Infatti ero a casa, ma poi ho notato che Waffle si stava agitando e l'ho fatta uscire. L'abbiamo trovata tra i boschi, dopo circa un chilometro di strada. Tu ne sai qualcosa?"

Maisie fece per rispondere, ma le arrivò un'altra telefonata. "Devo andare. Ti richiamo dopo."

Arrivati al pronto soccorso, ci accolse l'infermiera Holly Blake. Un vero sollievo, dato che la conoscevo da anni e sapevo quanto fosse affidabile. Con i capelli biondi raccolti in una frettolosa coda di cavallo, il suo sorriso si rifletteva nei gentili occhi marroni. Capii subito che conosceva già Olive, ma prima che potessi farle qualche domanda ci trascinò in una sala visite, dove la fece accomodare su una sedia.

"Chiamo subito Charlie," le disse. Poi si voltò verso di me e mi fece cenno di uscire con lei dalla stanza.

In corridoio provò a spiegarmi la situazione, ma venne interrotta dalla dottoressa Lane che stava correndo verso di noi, gli occhi sbarrati e le guance arrossate. "Ti prego, Holly, dimmi che sta bene."

Alla domanda, Holly annuì. "Sì, Charlie, tranquilla. Entra pure," le rispose, invitandola dentro.

Stavo finalmente riuscendo a rimettere insieme tutti i pezzi del puzzle. Quindi Olive si riferiva a *lei*. Ogni nuova informazione non faceva che confondermi ulteriormente.

La dottoressa Lane non si curò neanche di salutarmi e, dopo avermi lanciato un'occhiata fugace, si fiondò nella stanza.

"Chi è quella signora lì dentro?" chiesi a Holly quando la dottoressa Lane si chiuse la porta alle spalle.

"La mamma di Charlie. Soffre di demenza senile e di tanto in tanto finisce col perdersi." Mentre mi spiegava la situazione, una profonda tristezza le oscurò il volto. "Dev'essere terribile, guarda. Ultimamente sta succedendo sempre più spesso. Dove l'hai trovata?"

"Quando Waffle non la smetteva più di abbaiare pensavo che alcuni escursionisti fossero finiti di nuovo nella mia proprietà. Ma dopo un giro di perlustrazione ho trovato lei. Ha detto che stava cercando Danny."

Holly annuì con decisione, capendo meglio la situazione. "Oh, è normale allora. Vivono proprio lì accanto a te, nella vecchia casa di Claire. Danny era il marito di Olive, ma è come se proprio non riuscisse a ricordare che è morto anni fa. Meno male l'hai trovata tu, guarda."

Quando qualcuno la chiamò con il cercapersone,

continuò, "Scusami, devo andare. Se Charlie esce dille che arriverà subito un'altra infermiera." Mi salutò con la mano e corse via. Proprio come aveva annunciato, arrivò qualcun altro ed entrò nella stanza.

Ormai il mio compito era finito, non aveva più molto senso restare lì. Eppure, non me la sentivo ancora di andarmene. Poco dopo la porta si aprì di nuovo e Olive uscì trasportata su una sedia a rotelle dall'infermiera. La signora mi rivolse un sorriso raggiante, salutandomi con la mano. Con aria calma e pacata, l'infermiera le disse, "Facciamo giusto un rapido controllo, va bene?"

Rimasi immobile in corridoio, preoccupato per la dottoressa Lane. Proprio quando mi ero convinto a tornare a casa, la sentii piangere dentro la stanza. Bussai piano alla porta, che aprii senza neanche aspettare risposta. La dottoressa era poggiata al lettino, il viso coperto dalle mani e il respiro tremolante.

Probabilmente non aveva ancora percepito la mia presenza. "Tutto bene?"

Trasalì e sollevò la testa. Gli occhi sbarrati erano umidi di lacrime, così come il viso arrossato. Se le asciugò con il pollice, cercando di ricomporsi. "La ringrazio tanto per averla trovata. Era scomparsa da un'ora ed ero terrorizzata."

"Diciamo che è stato un caso. Non sono in servizio, quindi non sapevo avesse denunciato la sua scomparsa. Onestamente pensavo fossero i soliti escursionisti che girovagano per la mia proprietà senza permesso. Ma quando sono uscito a controllare ho trovato lei. Dovrebbe ringraziare Waffle, non me."

"Waffle?" domandò, l'ombra di un sorriso sulle labbra.

Volevo soltanto vederla sorridere, odiavo quell'espressione cupa e angosciata sul suo volto. La dottoressa Lane che conoscevo era una donna pacata e controllata. Quel suo senso di panico mi stringeva il cuore.

"Oh, è il mio cane," le spiegai.

Dovetti infilarmi le mani in tasca per resistere all'impulso di abbracciarla. Quella donna così triste e preoccupata non sembrava affatto la mia dottoressa sobria e misurata. In quel momento non indossava il suo solito camice bianco, ma un paio di leggings e una maglietta attillata. I capelli sempre raccolti in uno stretto chignon le ricadevano come una cascata sulle spalle, la ciocca viola che spiccava tra le onde castano brillante.

Ignorando completamente le circostanze a dir poco inappropriate, il mio corpo reagì alla vista del suo. Il tessuto della maglietta si tendeva sul seno, lasciando ben poco all'immaginazione. Mai l'avrei detto che sotto quel camice nascondesse curve vertiginose come quelle. Porca miseria, aveva un fisico da paura.

Mi scossi da quei pensieri, cercando di concentrarmi sulla situazione.

"Dottoressa Lane..." cominciai.

Scosse la testa. "Basta con le formalità, dai. Diamoci pure del tu, tanto qui mi chiamano tutti per nome."

"Ah, è la mia ricompensa per aver trovato tua madre?" le chiesi con un sorriso, cauto.

Alzò gli occhi al cielo. "Ma no, ti pare. È che in studio sei sempre stato così scontroso che non ho mai trovato l'occasione giusta per tirare fuori la cosa. Neil mi ha detto che in una città così piccola le formalità sono inutili, quindi nessuno l'ha mai chiamato dottor Johnson."

"È vero, è sempre stato così. Comunque, mi

dispiace per tua madre. Se dovesse sparire ancora chiamami subito, visto che vivo lì vicino. Proprio a poche centinaia di metri. Lascia che ci pensi Waffle, è un'esperta. Ovviamente chiama pure i soccorsi, però sappi che sono lì e che non mi dispiace affatto aiutare."

Charlie annuì, passandosi la manica sul viso. "Devo trovare qualcuno che badi a lei mentre lavoro, ma ogni volta che tiro fuori l'argomento si arrabbia."

"Mi ha detto che vive qui da anni, ma i conti non mi tornano. Non vi siete trasferiti qui da poco?"

Un sorriso stanco le incurvò le labbra. "Un tempo i miei genitori vivevano qui. In realtà pure io sono nata poco distante da Willow Brook. Mio padre era di stanza alla *Elmendorf Air Force Base*, la base dell'aeronautica appena fuori Anchorage. Poi ci siamo trasferiti, ma l'Alaska gli è sempre mancata tanto. Avevano intenzione di tornare ma, sai com'è, alla fine non l'hanno mai fatto. Dopo la sua morte ho voluto riportarci mia madre, visto che ne parlava sempre con nostalgia."

"Oh, capisco," replicai.

Le si sollevarono le spalle con un respiro tremolante. Distolse lo sguardo e prese un fazzoletto dal tavolo accanto a lei per soffiarsi il naso, poi un altro ancora per asciugarsi gli occhi.

"Penserai che sia davvero un'idiota, eh?" mormorò. "Mi sono trasferita qui solo perché a mia mamma mancava... E ora sto piangendo come una fontana..."

"Ma no, affatto," dissi, cercando di farle capire quanto ero sincero. "Perché mai?"

"Beh, quando siamo arrivate qui mia madre era in condizioni migliori, ma la situazione è precipitata presto. Ho preso una casa in mezzo ai boschi senza calcolare i rischi. Avrei dovuto scegliere un posto meno isolato."

Rimasi a fissarla senza sapere cosa dirle, ma alla fine decisi di essere onesto. "Non saprei, Charlie. In una zona urbana c'è comunque pericolo che si perda tra le vie della città. Almeno qui sai che con il tempo inizieranno a tenerla d'occhio un po' tutti quanti. Poi ora che ho scoperto che siamo vicini di casa puoi contare pure su di me. Quando non sono via posso passare a controllare che vada tutto bene, che ne dici? Per me non ci sono problemi. Posso portare pure Waffle a farle visita."

Charlie mi fissò e dopo qualche istante scoppiò a ridere. Quando si fermò, altre lacrime presero a rigarle il viso. Di nuovo, dovetti resistere alla tentazione di stringerla tra le braccia. "Cosa c'è di così divertente?"

Riprese fiato e poi si strinse nelle spalle. "Boh, non so. Mi ha fatto ridere immaginare te che porti il cane da mia madre."

"Beh, sì, capisco. Però ricorda che senza Waffle oggi non l'avrei trovata. Facendole conoscere meglio tua madre riuscirà a trovarla con più facilità. Ha sangue di segugio e ti assicuro che ha un ottimo fiuto."

Gli occhi grigi di Charlie mi studiarono il volto, un sorrisino divertito sulle labbra. "In effetti hai ragione."

Restammo fermi a guardarci, avvolti nel silenzio. Non sapevo che altro dire. Sua madre stava bene ed era arrivato il momento che tornassi a casa. Non c'era nulla a trattenermi ancora lì. Eppure, volevo restare. Anzi, ciò che volevo davvero era baciarla. Ma era una follia, un gesto a dir poco inappropriato.

Ci voltammo entrambi all'unisono, in quella stanza così piccola. Le squillò il telefono e lo tolse dalla tasca, controllando subito lo schermo. "Scusami, ma devo rispondere."

"Ma certo, figurati. Allora io..."

"No, non andartene," mi interruppe.

Senza esitare, annuii e mi fermai, in attesa.

"Ehi, Emily, che succede?"

Charlie fece una pausa e poi annuì. "Adesso sono in ospedale con la nonna. Tra poco torniamo a casa. Va bene se prendo della pizza?"

Non riuscivo a sentire nulla, ma la risposta di Emily non doveva essere piaciuta molto a Charlie, che aggrottò la fronte e strinse con più forza il telefono tra le dita. La mia curiosità schizzò alle stelle. A quanto pare mi ero sbagliato completamente sul suo conto. Ma in fondo, la conoscevo troppo poco.

Quando concluse la telefonata, incrociò il mio sguardo. "Era mia nipote. Anche lei vive con noi. Ha quindici anni ed è in quella fase in cui ogni tanto mi odia a morte," confessò, con un sospiro.

Un campanello d'allarme mi risuonò nella testa. Caspita, viveva con la madre anziana e un'adolescente che a detta sua la odiava. Ma nonostante tutto, non riuscivo a smettere di guardarla. Ero a dir poco sorpreso da me stesso. Ma lei era così bella, con quei grandi occhi grigi e la stravagante ciocca viola tra i capelli. Vederla così al naturale, senza la solita aura professionale che si portava dietro, era tutta un'altra cosa. Cazzo. Portava comunque gli occhiali, ma i capelli sciolti le addolcivano i lineamenti sempre così tirati.

Mentre mi fissava, l'aria cominciò a caricarsi di tensione e il mio corpo prese a fremere. Davanti a lei non riuscivo a ragionare. Per qualche motivo, riusciva a farmi quell'effetto. La mia concentrazione era focalizzata esclusivamente sul suo viso: il delicato arco delle sopracciglia, il taglio degli zigomi e le labbra carnose che sembravano quasi stonare con i tratti così decisi.

Il grigio dei suoi occhi si incupì come il cielo

durante un temporale estivo. Scariche elettriche guizzavano tra di noi. Senza pensarci troppo — cosa che non riuscivo a fare in sua presenza, o almeno non con il cervello — mi avviai verso di lei. Charlie, a sua volta, fece un passo verso di me. I corpi premuti uno contro l'altro, sollevai la mano e le passai le dita tra le ciocche setose. Il battito del cuore le pulsava visibilmente sotto la pelle sottile del collo. Con le guance tinte di rosso, dischiuse le labbra.

Le passai la mano sulla nuca e chinai la testa, posando un bacio delicato sulla bocca così invitante. Le sfuggì un versetto gutturale, un misto di sorpresa e delizia, che andò ad alimentare le fiamme del mio desiderio. Lentamente, passai la lingua sul bordo delle sue labbra, facendola sussultare. Aveva un sapore a dir poco divino, dolce con un accenno di menta, la bocca calda e accogliente. La rigida e sobria dottoressa Lane gemette sulle mie labbra.

Cazzo. Baciava da Dio. Le nostre lingue si incontrarono in una danza sensuale, la sua mano trovò presto i miei capelli. In quel momento per me esisteva soltanto lei, contavano soltanto quel bacio e le curve da capogiro premute contro di me.

Ma qualcuno bussò alla porta, strappandoci da quel momento magico. La lasciai andare e incrociai i suoi intensi occhi color dell'argento.

"Oh," disse, con aria sorpresa. Eppure, non si mosse. Non che volessi lo facesse.

Capitolo Quattro

CHARLIE

Mi fermai a riprendere fiato, lo sguardo fisso in quello di Jesse. Non riuscivo più a ricollegare il cervello. Percepivo soltanto il suo corpo premuto contro il mio.

Quell'uomo sembrava scolpito nel marmo, un muro di muscoli duri e forti. In quei momenti di frenesia durante il bacio, gli era caduta una mano sulla mia natica. Uno stormo di farfalle mi svolazzava nello stomaco e mi sembrava quasi di essere sospesa a mezz'aria.

Un desiderio intenso prese a bruciarmi dentro, scorrendomi come fiamme ardenti nelle vene. Bussarono ancora alla porta e venni riportata brutalmente alla realtà.

"Oh!"

Dovetti praticamente *costringere* il mio corpo a fare un passo indietro, ad allontanarmi da lui. Avrei passato volentieri tutta la vita appicciata in quel modo a Jesse. Sentirmi avvolta e protetta tra le sue forti braccia era una sensazione indescrivibile. Oh, per non parlare delle sue doti da baciatore! Era un vero esperto, delicato ma allo stesso tempo deciso. Per poco non mi ero sciolta ai suoi piedi quando le sue labbra avevano trovato le mie, le sue mani i miei capelli.

Dovevo fare appello a tutta la mia volontà per separarmi da lui, il suo corpo che attirava il mio con la potenza di una calamita. I suoi occhi profondi non lasciarono mai i miei, così intensi da riuscire quasi a scavarmi l'anima. Eppure, dentro non c'era la minima esitazione. Temevo mi avrebbe giudicata male, ma mi sbagliavo di grosso. Quel luccichio che li faceva brillare nascondeva tutt'altro, un qualcosa che mi fece fremere tutta, stringendomi il cuore.

Mi diedi una scossa mentale e finalmente mi voltai per aprire la porta. Dall'altra parte c'era Holly Blake, un'infermiera che mi stava davvero tanto simpatica. Sicuramente sarebbe stata un'ottima amica, ma in quel periodo non avevo tempo da dedicare alla mia vita sociale.

"Come sta?" le domandai.

Holly si poggiò allo stipite della porta, lanciandoci qualche occhiata con un sorriso sulle labbra. "Sta bene, tranquilla. L'ho lasciata con Penny, sai che la adora."

Un'ondata di sollievo mi travolse. "Oh, meno male. Ti ringrazio tanto, Holly. Allora vado."

Holly si rivolse poi a Jesse. "Grazie al cielo l'hai trovata tu. Grazie ancora."

Jesse si strinse nelle spalle. "È stato un colpo di fortuna. D'ora in avanti terrò gli occhi bene aperti, quando sono a casa. E ogni tanto le porterò Waffle a farle un po' di compagnia."

Holly sorrise e mi fece l'occhiolino, un attimo prima di controllare il cercapersone. "Ah, devo andare. A presto," ci salutò, correndo via.

Senza sapere cos'altro dire, mi voltai verso Jesse. Era la prima volta che mi ritrovavo in una situazione del genere, quasi appiccicata al mio vicino di casa sexy da morire che aveva trovato mia madre in mezzo ai boschi, dopo un bacio da togliere il fiato.

Sicuro lui non lo sapeva, ma mi aveva salvata.

"Posso portare Waffle da voi direttamente questa sera. Se ti va, posso passare a prendere la pizza. Immagino tu voglia portare subito a casa tua madre, quindi non ha senso che ti fermi in pizzeria."

Lo guardai intensamente, confusa da quella gentilezza che mi stava mostrando. Ma provai a ricordare a me stessa che non c'era bisogno di farmi paranoie. In quei sei mesi passati a Willow Brook avevo imparato molto bene una cosa: in quel posto erano tutti gentili di natura. Niente facciate o maschere, avevano davvero tutti un cuore d'oro, sempre pronti ad aiutare il prossimo senza pretendere nulla in cambio.

"Mi faresti un favore enorme. Emily prende di sicuro qualcosa di vegetariano, mentre a mia mamma piace quella col salame. Poi ti restituisco i soldi, ovviamente."

"Non ce n'è bisogno," rispose all'istante. "Quanto vuoi che costino due pizze? Dai, andiamo. Vi accompagno fuori."

Aprì la porta e mi invitò a uscire, passandomi la mano lungo la schiena mentre lo superavo. Anche un gesto così semplice bastò a farmi venire la pelle d'oca, risvegliando sensazioni che mi costrinsi a ignorare.

Arrivati al bancone dell'accoglienza, trovai mia madre che chiacchierava con la receptionist di giardinaggio, una delle sue passioni. Non vedevo l'ora arrivasse l'estate, così che potesse dedicarsi a quel suo hobby. Passava ore e ore china sui cataloghi di giardinaggio, un passatempo che le avevo visto fare per anni. Sapevo che almeno in quel modo sarebbe riuscita a distrarsi e concentrarsi su qualcosa che amava. Mi sorrise e il suo sguardo si spostò subito su Jesse, che parve riconoscere.

"Salve, Olive. Come va?" le chiese, con nonchalance.

"Ci accompagni a casa tu?" gli domandò lei a sua volta.

"No, mamma, guido io."

Mi guardò come se si fosse dimenticata della mia presenza. "Ma Jesse mi piace."

Al che lui sorrise. "Tranquilla, ci vediamo fra poco. Passo da voi con della pizza."

Mia madre gli rivolse un sorriso raggiante, entusiasta. "Oh, perfetto! Io la voglio col salame, grazie," dichiarò.

Sembrava quasi si conoscessero da anni, non giusto da qualche ora. Non sapevo neanche cosa pensare della situazione, ma sapevo che la sua memoria faceva spesso i capricci e ormai avevo imparato a convincerci. Essendo una dottoressa, conoscevo bene gli effetti della demenza senile e il fatto che potessero variare da persona a persona. Eppure, trattandosi di mia madre era difficile rimanere oggettiva. Le volevo un bene dell'anima e vederla deteriorarsi così rapidamente era una terribile sofferenza. Quello scambio di ruoli improvviso era difficile da accettare. Da un momento all'altro, ero io a dovermi prendere cura di lei e non più il contrario.

Jesse annuì. "Allora a dopo."

Si allontanò e mia madre mi guardò. "Devo andare al bagno," annunciò.

Come per magia, di lì passò proprio un'altra infermiera che la conosceva. "Dai, la accompagno io, signora. È proprio qui dietro," le disse, rivolgendomi un sorriso cordiale.

Dentro di me tirai un sospiro di sollievo. Non

perché mi dispiacesse portarcela io stessa, ma finché eravamo lì preferivo se ne occupassero le professioniste. Quando mia madre e l'infermiera ci lasciarono, Penny mi sorrise. "Tua madre è proprio un tesoro. Ho chiesto a Holly di mandarmi una lista di badanti a cui potresti rivolgerti. So che vuoi fare tutto da sola, ma un po' di aiuto può tornarti comodo."

Incrociai il suo sguardo e mi si strinse tristemente il cuore, perché mia madre era una donna meravigliosa e davvero speciale. Mi sforzai di sorridere e replicai, "Le piace proprio tanto parlare con te, quindi ti ringrazio per tenerle compagnia."

"Non c'è mica bisogno di ringraziarmi perché sto qui a parlarle, sai. A detta di mia figlia parlo pure troppo," replicò, con una risata. Quando si fermò, mi guardò come in attesa di qualcosa.

Capii subito che aspettava una risposta. "So che farla seguire da qualcuno mentre lavoro sarebbe l'opzione migliore, ma ogni volta che gliene parlo si arrabbia. Non dipende da me, davvero."

Penny annuì lentamente. "Capisco. Ma ti assicuro che sto selezionando solo persone che potrebbero piacerle." Si mise alla tastiera del computer e mi chiese di confermarle gli estremi dell'assicurazione di mia madre. Il suo sguardò schizzò verso la porta, dove Jesse si era fermato a conversare con qualcuno. "Jesse è un bravo ragazzo. Vedrai che la terrà d'occhio anche lui. E poi c'è Waffle che è sempre pronta ad annusare il mondo intero."

Mi strappò una risata. "Conosci Waffle?"

Penny mi sorrise. "Ma certo. La mamma di Jesse è una mia cara amica."

Mi vibrò il telefono in tasca e trovai un messaggio di Emily, in cui mi chiedeva quando saremmo tornate a casa. Una profonda stanchezza mi travolse. Perché mai prendermi cura di due sole persone doveva essere così difficile? Mi sembrava assurdo, ma convivevo ormai da tempo con quel senso di angoscia.

"Ora devo andare," dissi a Penny con un sorriso. "Grazie ancora, davvero. Ti prometto che troverò una soluzione per mia mamma."

Capitolo Cinque

CHARLIE

Tornate a casa, lasciai mia madre al tavolo della cucina e andai a bussare alla porta di mia nipote. "Em?" la chiamai.

Silenzio assoluto. Ci riprovai. Ancora nulla. Decisi dunque di aprire la porta e la trovai sul letto, gli occhi puntati sullo schermo del computer e le cuffie alle orecchie. Non mi aveva manco notata. Feci un bel respiro profondo e mi fermai a guardarla. La somiglianza con mia sorella a volte mi sorprendeva ancora.

Era davvero una bella ragazza, con grandi occhi grigi e capelli scuri dal colore brillante, che a differenza nostra lei teneva piuttosto corti, in dritti ciuffetti sbarazzini. Sulla punta del naso teneva gli occhiali, di un viola acceso. Era messa in una posizione per me un po' scomoda, con le ginocchia al petto. Aveva l'aria così giovane, sprizzava energia da tutti i pori. Perfino ferma immobile, irradiava vita. Riuscivo quasi a sentire le rotelle del cervello che si muovevano a cento chilometri orari.

Aspettai qualche secondo, sperando mi notasse, ma niente da fare. Andai a sedermi ai piedi del letto e sollevò finalmente lo sguardo, sentendo il mio peso sul materasso. Si tolse le cuffie e mi guardò, sistemandosi gli occhiali sul naso. "Che vuoi?"

"Ciao anche a te, Em," replicai, con un lieve sorriso.

Accennò anche lei l'ombra di un sorriso, lo sguardo cupo e diffidente. Era sempre sulla difensiva, pronta ad alzare un muro tra di noi.

"Ciao, zia Charlie. Hai preso la pizza?"

Per il momento decisi di ignorare la domanda. "Oh, tranquilla, la nonna sta bene."

Le mie parole la fecero arrossire e spostò di lato il portatile per distendere le gambe.

"Oh, meno male. Scusami, avrei dovuto chiedertelo subito. Quando non l'ho trovata a casa mi sono preoccupata tanto. Sarei potuta uscire anche io a cercarla, sai," disse, con occhi sinceri.

"Lo so, ma c'era il rischio che tornasse a casa mentre eri fuori. Quindi era meglio l'aspettassi qui."

"Chi l'ha trovata?"

"Il nostro vicino. L'ha portata subito all'ospedale."

"Abbiamo dei vicini?" chiese, alzando gli occhi al cielo.

Emily stava trovando difficile adattarsi alla nuova vita lontano dalla città. Erano diversi i motivi che mi avevano spinta a trasferirmi in un paesino come quello. Sì, ero nata lì vicino e a mia madre era sempre mancata l'Alaska. Ma c'era dell'altro dietro.

La vita di Emily a Boston aveva preso una brutta piega. L'anno prima il cancro si era portato via sua madre, mia sorella, neanche dopo sei mesi dalla morte di mio padre. Era stato un anno difficile per tutti. Tra una disgrazia e l'altra, Emily aveva cominciato a frequentare cattive compagnie.

Era una ragazzina fin troppo intelligente, ma in

quel periodo di lutto, tristezza e vulnerabilità non voleva altro che attenzioni. Come tutti gli adolescenti, in fondo. Avevamo bisogno di ricominciare da zero, ma Emily era una ragazzina difficile, a cui sembrava non andare mai bene niente. Però voleva tanto bene alla sua nonna.

"Ma certo, che domande sono? Jesse vive proprio in fondo alla strada. L'ha trovata perché il suo cane ha iniziato ad abbaiare e l'ha trascinato fuori. L'ha portata subito all'ospedale e da lì mi hanno contattata. Tra poco arriva con il cane e la pizza."

Sbarrò gli occhi e poi sfoderò un sorriso. "Davvero?"

Vederla sorridere a quel modo mi riempì il cuore di gioia. Avrei tanto voluto abbracciarla.

"Ha un cane?"

"Proprio così. Dai, andiamo di sotto."

Miracolosamente, mi seguì senza fare storie. Arrivate al tavolo si fermò a baciare la nonna e poi cominciarono a giocare a carte. Ringraziai per l'ennesima volta il cielo che anche a lei piacesse quel passatempo, così almeno potevano tenersi compagnia con quella passione in comune.

Mi scappò l'occhio sulla montagna di piatti sporchi nel lavello. Per quella volta decisi di non sgridare Emily, anche se sarebbe toccato a lei pulire. Caricai subito la lavastoviglie e, proprio mentre mi asciugavo le mani, qualcuno bussò alla porta.

"Puoi andare tu ad aprire, Em?" le domandai, immaginando fosse Jesse.

Al suono della sua voce virile, una vampata di calore mi travolse e ricordi di quel bacio sensazionale ritornarono alla memoria. Tra la stanchezza mentale e fisica, avevo preferito lasciare tutto in un angolino remoto del cervello. In fondo era stato un gesto assolutamente folle.

Non avevo tempo da perdere a baciare un uomo. Affatto. Tantomeno un mio paziente. Oltre al lavoro, dovevo occuparmi della mia mamma e di mia nipote, che la sua l'aveva persa troppo presto. Per non parlare di tutto il dolore che io stessa covavo dentro dopo aver perso mio padre e mia sorella nell'arco di un anno.

Baciare qualcuno, o l'amore in generale, era *in fondo* alla mia lista di priorità. Così in basso da non farne praticamente parte. Eppure, non potevo comunque negare le reazioni del mio corpo. Porca miseria, quell'uomo sapeva proprio baciare.

Quando si chiuse la porta, mi voltai e trovai Jesse che si avvicinava con tre cartoni di pizza, mentre la sua cagnolina saltellava per il soggiorno. Un attimo dopo si fiondò ai piedi di Emily, che lanciò un urletto deliziato e prese ad accarezzarla.

Incrociai lo sguardo di Jesse e il mio stomaco fece le capriole. Occhi negli occhi, sentivo come scariche di elettricità che facevano fremere l'aria che ci divideva.

"Buonasera! Queste dove le metto?" mi chiese.

Emily era talmente presa da Waffle che la lasciai in pace, nonostante non si fosse ancora presentata. "Lascia pure lì," gli risposi, indicando il bancone della cucina.

Jesse si avvicinò, passando accanto a mia madre. "Salve, Olive," la salutò, con un sorriso.

Lei sollevò lo sguardo dalle carte e la confusione nei suoi occhi li lasciò presto. "Oh, ciao. Che piacere rivederti così presto."

"Vale anche per me." Raggiunse il bancone e posò sopra i cartoni di pizza.

Abbassai la voce, per farmi sentire soltanto da lui.

"Se si dimentica come ti chiami, non prenderla sul personale."

"Ma figurati. Grazie comunque per l'avvertimento. Come sta?"

"Tutto bene, dai. È come se non l'avessi manco trovata a vagare da sola in mezzo ai boschi. Alla fine quella che ci sta peggio sono io, non lei. Dai, ti presento mia nipote. Non vedeva l'ora di conoscere Waffle."

Mi voltai e lo invitai a seguirmi in soggiorno. La casa era su due piani, con tre camere da letto su quello superiore. Un open space con soggiorno e cucina riempiva lo spazio al piano terra, mentre un bagnetto con una lavanderia stavano sul retro.

Mi fermai davanti a Emily, seduta sul pavimento a coccolare il cane, e le sorrisi. "Non pensi di esserti dimenticata qualcosa?"

Waffle era una cagnolina snella, con il pelo nero e dorato, e grandi orecchie molli.

Emily sollevò lo sguardo, un enorme sorriso sulle labbra. "Ciao. Piacere, Emily."

Jesse annuì. "Jesse. Mentre lei è Waffle," disse, indicando il cane.

Emily le passò le braccia attorno al corpicino e la strinse a sé. "Che bello che l'hai portata qui! Mica lo sapevo che abbiamo dei vicini."

Jesse sfoderò un sorrisetto che mi fece venire i brividi. Di nuovo. Cielo, com'è che riusciva sempre a farmi quell'effetto? Era tutto più facile, quando faceva lo scontroso. Chiariamoci, non ero mica cieca. La sua incredibile bellezza mi aveva colpita fin da subito. Con i capelli colore dell'ambra, gli occhi verdi e il fisico scolpito, era la personificazione della virilità.

"Eh, sì. E non sono mica l'unico. Sono ormai anni che Claire se n'è andata. Voi da quanto tempo vivete qui?" domandò, rivolgendosi a me perché Emily era persa nel suo mondo insieme a Waffle.

"Neanche sei mesi. All'inizio eravamo in un'altra casa, ma con uno di quei contratti d'affitto stagionali."

Jesse annuì. "Già, qui in giro è molto comune."

"Vuoi della pizza?" chiesi a Emily.

Finalmente si alzò in piedi e annuì, prima di correre in cucina. Posai di nuovo lo sguardo su Jesse, cercando di placare le reazioni del mio corpo. I suoi modi così scontrosi di un tempo mi avevano sempre resa nervosa, ma vederlo così rilassato e gentile era tutt'altra cosa.

Forse però preferivo la sua versione scorbutica, perché perlomeno davanti a quella riuscivo a controllarmi un po' meglio. Incrociando i suoi intensi occhi verdi mi sentii mancare l'aria. Riuscivo come a sentire il sapore delle sue labbra sulle mie.

Emily disse qualcosa a Waffle mentre si sedeva sul divano con un piatto, riportandomi alla realtà.

"Dai, sediamoci anche noi. Hai portato qui Waffle per mia mamma, ma è riuscita anche a risollevare l'umore di Em. Che meraviglia."

La risata delicata di Jesse mi fece venire la pelle d'oca. Cercando di ignorarla, mi voltai e mi avvicinai al bancone della cucina. Mi ero innamorata subito di quella casa, degli spazi così aperti e ariosi. Le finestre della cucina si aprivano sul boschetto. Un lungo bancone seguiva la parete di fondo, con al centro il lavello e su un lato un forno a muro. Di fronte al bancone c'era un'isola con il piano cucina nel mezzo, che offriva tutto lo spazio necessario per cucinare.

Su un lato c'era il tavolo da pranzo circondato dalle sedie, dove mia madre stava in quel momento sfogliando una rivista. Non badava già più a Jesse, persa nella sua bolla. Le piastrelle grigio chiaro della cucina lasciavano poi spazio al parquet che rivestiva il pavimento del soggiorno e del resto della casa.

L'avevamo affittata arredata, con un divano componibile, una grande e comoda ottomana, un televisore al plasma sulla parete e librerie a muro lungo i due lati della stanza. Alte finestre offrivano una vista mozzafiato sulle montagne, mentre una porta a vetri conduceva al patio esterno.

Avevo finalmente capito perché i miei genitori amassero così tanto l'Alaska. L'avevo lasciata che avevo appena cinque anni, quindi mi ero sempre portata dentro ricordi molto vaghi. Poter vivere così a contatto con la natura era un'esperienza per un certo verso edificante. I panorami erano a dir poco straordinari. Sembrava quasi di vivere in una cartolina.

Jesse mi raggiunse al bancone e lanciò un'occhiata a mia madre. "Quindi mangiamo a tavola, immagino," commentò.

Incrociai il suo sguardo e annuii, cercando di placare il battito frenetico del mio cuore. "I piatti sono lì dentro. Vuoi qualcosa da bere? C'è della birra, una bottiglia di vino, del succo o acqua."

"Allora prendo una birra, grazie. Sono venuto qui a piedi, così ho fatto fare una bella passeggiata a Waffle."

Ancora non avevo capito esattamente dov'è che vivesse. Sapevo fosse piuttosto vicino, ma la casa non la vedevo comunque. "Dov'è che stai?" gli chiesi, prendendo una birra dal frigorifero.

Dopo aver preso due fette di pizza, indicò il patio posteriore. "Qui a destra, continuando verso est. Dall'altra parte invece vivono i Baker. Sono zigoli delle nevi, sai," spiegò.

"Che vorrebbe dire?" gli chiesi, preparando un piatto per mia madre e uno per me.

Si fece una risata e andò a tavola. "È un termine che usiamo per riferirci a quelle persone che passano qui solo le stagioni più calde e poi se ne vanno durante l'inverno."

Si accomodò di fronte a mia madre e la guardò quando lei sollevò la testa. "Salve, Olive," la salutò ancora, prima di bere un sorso di birra.

Mia madre sorrise e un velo di nebbia le oscurò gli occhi, finché non lo riconobbe. "Jesse."

"Bravissima," replicò lui.

Realizzai solo allora che un lavoro come il suo lo portava a interagire con persone di tutti i tipi ed età. Vederli interagire in modo così spensierato era una manna dal cielo. Era così paziente e socievole, come se non si aspettasse nulla da lei.

Posai il piatto di mia madre sul tavolo, poi le portai anche un tovagliolo e un bicchiere d'acqua. Mentre mi versavo del vino, chiamai Emily a tavola.

Cercavo sempre di non soffocarla con regole severe, ma mi piaceva che a cena mangiassimo tutte insieme a tavola. All'inizio mi ignorò, ma poi Jesse fischiò piano e Waffle schizzò da lui.

Non sapevo se l'avesse fatto apposta per aiutarmi, ma in ogni caso era servito, perché Em ci guardò e arrivò da noi con il suo piatto. Il cane si sdraiò ai piedi di mia madre, con occhi colmi di dolcezza, mentre Emily si sedette accanto alla nonna.

Era la prima cena tranquilla ormai da settimane. Sicuramente per merito di Waffle. Emily non si sarebbe mai fatta problemi a trattare male anche Jesse; la sua maleducazione non risparmiava nessuno. Però i cani li adorava, quindi per una volta era allegra e serena. Non sapevo che conclusioni trarre da quel pasto un po' improvvisato insieme a Jesse, ma sinceramente non potevo lamentarmi. Willow Brook era un paesino molto piccolo, dove tutti si sostenevano a vicenda. Tra il lavoro e il caos della mia vita non avevo ancora conosciuto nessuno dei nostri vicini. Era alquanto sconcertante che giusto qualche ora prima avessi condiviso un bacio da capogiro proprio con quel vicino in particolare. Ma d'altronde, quel piccolo dettaglio stavo riuscendo a ignorarlo favolosamente.

Più tardi Jesse mi aiutò a caricare la lavastoviglie, Em già in camera sua e mia madre appisolata sulla sedia.

"Grazie," gli dissi, trovando il suo sguardo. Poggiò i fianchi al bancone e si infilò una mano nella tasca dei jeans. Santo cielo. Non doveva manco impegnarsi per essere dannatamente sexy.

Provai a distrarre la mente, a non pensarci troppo, ma il mio cuore non voleva darmi ascolto. Quando il suo sguardo incrociò di nuovo il mio, prese a battere all'impazzata. "Figurati. Waffle è un cane d'oro. Questa volta ha trovato tua madre senza neanche conoscerla. La prossima volta tu chiamami e ci pensiamo noi. Se sono in casa aiuto volentieri, davvero."

Un'emozione soffocante mi divampò dentro, portandomi quasi alle lacrime. Ogni tanto, quel peso che mi portavo sulle spalle si faceva più pesante, fino a schiacciarmi. Mi sentivo molto sola e, in quel periodo, giù di tono. In realtà ero una persona molto allegra, ma non avevo più molto di cui rallegrarmi. Assistere al declino mentale e fisico di mia madre mi provocava una sofferenza che mai avrei potuto prevedere. Dopo tutto quel dolore che mi tormentava ormai da tempo, le parole di Jesse erano come una luce in fondo al tunnel, molto più speciali di quanto potesse immaginare. A essere onesta, non sapevo neanche come reagire.

Speravo di poter seguire il consiglio di Penny e trovare qualcuno che badasse a mia madre mentre io ero al lavoro, ma sapere che anche lui sarebbe stato lì per noi era un vero sollievo. Però non potevo di certo scoppiare a piangere di fronte a lui. No, non di nuovo. Sarebbe stato a dir poco ridicolo.

Mandai dunque giù il groppo alla gola, sperando non notasse gli occhi lucidi. "Ti ringrazio. Ora che sto cominciando a conoscere più persone è già tutto un po' più semplice. Penny mi ha consigliato alcune badanti che potrebbero farle compagnia quando non ci sono, quindi in questi giorni vedo come muovermi. Emily aiuta tanto quando torna a casa da scuola, ma non voglio si senta responsabile per sua nonna. È un impegno troppo pesante per una ragazzina di quindici anni."

Jesse annuì lentamente. "Può essere. Ma ho visto che con lei è molto paziente. Di solito gli adolescenti non sono tutti così disponibili con gli anziani," disse con una risata.

"Hai esperienza con gli adolescenti?"

Un sorriso gli arricciò gli angoli degli occhi. "Oh, puoi dirlo forte. Anche la figlia di mio fratello ha quindici anni. Potrebbero pure essere nella stessa classe, sai. Comunque sia, diciamo che lei non avrebbe mai tutta quella pazienza con sua nonna. È una brava ragazza, ma... ha altre priorità. Preferisce star dietro ai ragazzi, lei."

Avrei tanto voluto supplicarlo di presentare sua nipote a Em. Non faceva che lamentarsi di avere pochi amici. A Boston aveva la sua piccola cerchia, ma in generale non era mai stata una persona socievole. Dalla morte di sua madre si era chiusa ancora di più in se stessa, cominciando ad allontanare tutti. Per provare a rammendare il suo cuore infranto aveva iniziato a frequentare un ragazzo che faceva uso di droghe. Beccato con le mani nel sacco a scuola, era perfino stato espulso. Io non volevo crederci che una ragazzina dolce come lei avesse deciso di immischiarsi con gente così poco raccomandabile, ma in quel periodo era troppo vulnerabile per rendersene conto.

Prima di trasferirmi a Willow Brook non avevo tenuto in conto i disagi che un'adolescente avrebbe potuto patire in una comunità così ristretta come quella. Ma purtroppo la mia mente era da tutt'altra parte ormai da troppo tempo.

Allontanai tutti quei *se* che minacciavano di tormentarmi. Non aveva senso stare a rimuginare su una decisione ormai già presa. Così, ricambiai il sorriso di Jesse.

"Lo so. Con mia mamma è proprio un angelo. È diversa dalle ragazzine della sua età, tranne quando se la prende con me per ogni minima cosa."

Jesse mi fece l'occhiolino e rise, voltandosi quando mia madre lo chiamò. Andò subito da lei e mi costrinsi a distogliere lo sguardo, che era come ipnotizzato.

Era piuttosto tardi, quindi dovevo metterla a letto e andare a dormire. Jesse salutò e mi fermai a osservarlo alla finestra mentre scompariva tra gli alberi con Waffle che trotterellava al suo fianco.

Capitolo Sei

CHARLIE

Ormai a letto, stavo fissando il soffitto. I precedenti affittuari avevano dipinto le costellazioni con della pittura fosforescente. Ogni notte, prima di dormire, mi fermavo ad ammirare la replica del cielo stellato. In mezzo c'era un lucernaio che dava sull'Orsa Minore. Bisognava ammetterlo, il pittore aveva proprio un occhio per i dettagli. Quando mi ero resa conto di quel particolare avevo scattato una fotografia al buio per confrontarla con le stelle nel cielo. Così avevo scoperto che aveva ricreato alla perfezione ciò che si sarebbe visto se non ci fosse stato il soffitto.

Magari Jesse sapeva chi l'aveva dipinto. Bastò pensare a lui per quella frazione di secondo che il mio corpo si accese in fiamme. Il ricordo delle sue labbra sulle mie era ancora troppo vivido. Temevo che una cena così banale, con mia madre che aveva ripetuto come minimo un milione di volte le stesse domande e senza argomenti di conversazione molto interessanti, avrebbe spento la passione che sentivo ardere tra me e Jesse.

Ma mi sbagliavo. Di grosso.

Non dico che avesse passato la serata a sbavargli dietro. No, affatto. Ma vederlo interagire con mia madre ed Emily, con la dolce Waffle che ci faceva compagnia, non aveva fatto altro che complicare le cose. Mi ero fatta un'idea totalmente sbagliata sul suo conto. Prima di quella sera l'avevo visto soltanto come un pompiere sexy da morire ma pure scontroso e suscettibile. Invece in realtà era un uomo gentile e alla mano.

Non riuscivo proprio a dormire, bombardata da flash della sua lingua che duellava con la mia. Continuavo ad agitarmi, strofinando le gambe con disperazione. La sensazione di bagnato che sentii tra le cosce mi sconvolse. Non avevo mai neanche il tempo di perdermi in fantasticherie. Ma sapevo che non sarei riuscita a dormire, non con Jesse che mi tormentava mente e corpo.

I capezzoli turgidi tiravano sotto il tessuto della maglietta e alla fine cedetti al desiderio implacabile. Feci scivolare una mano nelle mutandine, fino a raggiungere le labbra umide e calde. Nel giro di pochi secondi mi strinsi attorno alle dita, mentre scariche di piacere intenso mi attraversarono il corpo.

Finalmente riuscii ad addormentarmi, ma quando mi svegliai il mattino seguente Jesse vagava ancora tra i miei pensieri. Quella mattina, appena arrivata alla clinica, chiesi a Sandy di togliere Jesse dai miei pazienti, aggiungendolo alla lista del dottor Johnson. Per quanto lo seguissi soltanto per quella spalla lussata, non ce l'avrei fatta a rivederlo nel mio studio dopo essermi masturbata pensando a lui.

Sandy mi guardò di traverso, ma fece come le avevo chiesto. Appena prima che potesse chiedermi spiegazioni, squillò il telefono e ne approfittai per allontanarmi.

Dopo una giornata bella piena, mi abbandonai sulla sedia con un sospiro, esausta. Chiusi gli occhi e portai indietro la testa per qualche secondo. All'inizio degli studi avevo intenzione di specializzarmi in qualcosa. Ma alla fine, mio padre era morto per complicazioni dopo un ictus e mia sorella aveva perso la sua battaglia contro un cancro al pancreas.

A pezzi, dopo i tre anni di internato richiesti per specializzarmi in medicina generale non me l'ero sentita di continuare. Tra il dolore mio, quello di mia madre e quello di Emily, l'ultimo anno di tirocinio era stato il più difficile. Ovviamente dopo due anni terribili a convivere con il cancro al pancreas di mia sorella. In quel caos totale che era diventato la mia vita, trasferirmi in Alaska mi era parsa l'unica speranza di salvezza.

Per caso, scoprii presto che avevo scelto la carriera giusta per me. Con un lavoro così vario non ci si annoiava mai. Proprio quel giorno avevo cominciato la mattinata con un'anziana signora tormentata dalla tosse, per poi passare a una madre disperata perché il figlioletto le aveva conficcato una graffetta nella coscia. Alla fine ci eravamo fatte quattro risate. Dopo una serie di altre visite, avevo concluso con un bambino vivace che si era spaccato l'alluce prendendo a calci le scale, pensando di poterle spostare.

Sapevo quanto potesse far male un dito del piede rotto, ma il piccoletto l'aveva presa bene. Sua madre intanto se la rideva, incredula.

A prescindere da tutto lo stress che continuava ad accumularsi da quando mi ero trasferita in Alaska, stavo iniziando ad amare proprio tanto Willow Brook. Tutti mi trattavano come una di loro nonostante ci conoscessimo a malapena, facendomi sentire a casa.

Aprii gli occhi e voltai la sedia verso la finestra, che

faceva da cornice a un panorama unico. Lo studio del dottor Johnson si trovava in centro città. Rispetto a una città come Boston, il centro di Willow Brook era tutt'altra cosa. Ci trovavamo in una stradina laterale rispetto alla Main Street. Anche da lì si poteva ammirare il lago di Swan, una meraviglia della natura nel bel mezzo del paese, con resort e boschi sulle sue rive.

Con l'inizio della primavera le giornate avevano cominciato ad allungarsi. La transizione delle due stagioni era alquanto particolare. Ormai mi ero abituata all'inverno. Anche a Boston non era clemente, ma laggiù non c'era tutto quel buio. In quel periodo era come se la natura stesse prendendo vita, nell'aria un senso di novità.

Per due giorni la settimana, il dottor Johnson teneva la clinica aperta fino a tardi per i pazienti che potevano recarsi da noi soltanto la sera. Quel giorno era tra quelli. Il sole stava scomparendo all'orizzonte, lasciando scie dalle sfumature scarlatte e viola nel cielo, riflesse sulla superficie brillante dell'acqua. Mi era stato detto che gli stormi di cigni trombettieri, da cui prendeva il nome il lago di Swan (dove *swan* stava per cigno), sarebbero tornati presto a popolarlo.

Nonostante i vari problemi di memoria di mia madre, che andavano ogni giorno a peggiorare, era sempre stata una donna molto curiosa, alla ricerca di nuove informazioni da assimilare. Non era una grande fan di internet, ma Emily aveva usato i soldi del suo compleanno per comprarle dei nuovi libri sull'ornitologia. Ovviamente, non esitai a rimborsarle la spesa sul conto.

Avevo messo troppa carne al fuoco ed era normale che qualcosa continuasse a bruciarsi. Come avevo potuto trascurare un dettaglio così importante? Avrei dovuto comprare subito delle nuove enciclopedie per mia madre; grazie al cielo ci aveva pensato la sua adorabile nipote.

Comunque. Mia madre si era divertita a leggere i suoi libri, cercando i vari uccelli dell'Alaska, quindi era stata lei a parlarmi dei cigni. Aveva pure menzionato un certo Festival degli Uccelli che si teneva a Diamond Creek, una cittadina a sud che distava diverse ore da Willow Brook. I miei genitori mi ci avevano portata proprio appena prima di trasferirsi dall'altra parte del Paese.

Mi segnai mentalmente di controllare quando si sarebbe svolto, magari per portarla a fare un salto. Avrei cercato un bell'alloggio con vista sul lago, per farla contenta. Distrattamente, mi chiesi se anche da casa di Jesse si vedesse il lago di Swan. In linea d'aria distava giusto qualche chilometro da noi, ma rimaneva nascosto dietro gli alberi.

Con il suo nome sulla punta della lingua, ripensai alla sera prima e a quel bacio surreale. Allontanai subito quei pensieri e mi alzai dalla scrivania, proprio quando la testa di Rachel fece capolino dalla porta.

"Ehi, ciao," disse con un sorriso, entrando e chiudendosi la porta alle spalle. Con ogni passo, la coda di cavallo oscillava da una parte all'altra. Si fermò alla mia scrivania, poggiando i fianchi contro la sedia. Non avevo molti amici, lì a Willow Brook. Anche io, proprio come Emily, avevo dovuto ricominciare da zero. Ma Rachel era diventata presto un'ottima amica. E per fortuna, dato che passavamo quasi tutte le giornate insieme lì alla clinica. Non solo andavamo molto d'accordo, ma essendo cresciuta lì in paese conosceva praticamente tutti.

"C'è qualcosa che mi devi dire?" domandò.

Poggiandomi contro la scrivania, presi una penna e

cominciai a farla roteare distrattamente tra le dita. "Mh?"

Inarcò un sopracciglio, un sorrisetto furbo sulle labbra. "Sandy mi ha detto che hai passato Jesse Franklin al dottor Johnson. Come mai?"

Sentii le guance in fiamme e imprecai internamente, sapendo che con la pelle così chiara sarebbe stato impossibile nasconderglielo. La fissai a lungo e infine mi strinsi nelle spalle. "Beh, non so se l'hai saputo, ma ieri ha trovato mia madre nei boschi."

Rachel annuì. "Oh, sì che lo so. Holly mi ha detto che all'ospedale non riusciva a strapparti gli occhi di dosso."

Merda, merda, merda. Holly e Rachel erano ottime amiche. Purtroppo, era praticamente impossibile avere segreti in una comunità così ristretta. Mi morsicai l'interno della guancia, indecisa se raccontarle o meno di quel bacio così inaspettato e sensazionale. Però no, non potevo farlo. Incrociai il suo sguardo e cercai in qualche modo di spiegarle la situazione.

"È il mio vicino di casa e, beh, diciamo che potrei vederlo come più di un paziente, quindi sinceramente non me la sento di continuare a seguirlo come suo medico. Può benissimo occuparsene il dottor Johnson, perché poi non ha nemmeno nulla di così grave. Si sta giusto riprendendo da una lussazione alla spalla."

"Oh, è fantastico," dichiarò Rachel con decisione.

"Che cosa?"

"L'ho visto quanto ti sei innervosita l'altro giorno perché ti stava ammirando il sedere. Secondo me hai fatto benissimo a eliminare questo piccolo ostacolo. Jesse Franklin è un vero manzo e non sono l'unica convinta che abbia una cotta per te. Lo pensa pure Holly. Io ti dico di buttarti, sai. Sprizza sesso da tutti i pori."

Il suo sorrisetto si allargò, al che alzai gli occhi al cielo e cercai di mantenere la calma. Non avevo tempo da perdere dietro un uomo. Qualsiasi uomo. Però Jesse era tentazione pura. "Sai che con questa vita che ho non ho molto tempo per l'amore."

"Oh, e chi parlava di amore? Hai bisogno di una bella scopata, altroché."

E così uscì dall'ufficio, con una sonora risata.

Capitolo Sette

JESSE

Mi fermai accanto all'ambulanza ferma, insieme all'anziana signora seduta sul retro. Dana Halloran, un'amica e una dei nostri soccorritori, le stava esaminando i polmoni, mentre la signora aveva un respiratore sul viso. Dana mi guardò e annuì fermamente, quindi tirai un sospiro di sollievo e mi allontanai. La mia squadra si stava occupando di un incendio poco fuori il paese. La stagione degli incendi non era ancora iniziata, ma le emergenze non si fermavano mai.

In quel caso, l'anziana signora aveva acceso la stufa a legna senza prima controllare i tubi, che avevano dunque preso fuoco. Uno dei vicini, notando il fumo e le fiamme, non aveva esitato a chiamare i soccorsi. Ma essendo passato già troppo tempo e trattandosi di un'area piuttosto sperduta, non ce l'avevamo fatta a salvare la casa.

Mi voltai a osservare i resti fumanti dell'edificio. Il soffitto stava cedendo ed erano rimaste in piedi soltanto due mura. Il nostro caposquadra, Ward, si stava consultando con Caleb, l'altro leader della squadra.

Dovendo tenere ancora a riposo la spalla, avevo comunque aiutato il più possibile nelle retrovie, senza potermi buttare a capofitto nell'azione. Decisi dunque di avvicinarmi a loro, per capire un po' meglio la situazione. "Allora, qual è il piano?"

Ward mi guardò. "Beh, l'incendio è stato domato, come puoi ben vedere," rispose con un sospiro. "Lascio comunque metà squadra a tenerlo d'occhio per qualche ora. Tu vuoi restare o tornare in città?"

Caleb rispose prima di me. "Resto io. Jesse l'ha fatto la notte scorsa."

Potevo vantarmi di avere un'ottima squadra. Caleb aveva preso il posto della ex leader, Susannah, l'attuale moglie di Ward, quando aveva lasciato la squadra hotshot perché in dolce attesa. Oltre la squadra locale, in cui si era trasferita, anche noi ci occupavamo delle emergenze della zona. Caleb era perfetto per il ruolo, probabilmente perché nato e cresciuto a Willow Brook. Era un collega affidabile, un buon amico e non esitava mai ad aiutare quando poteva.

"Ti ringrazio, allora," replicai. "Hazel dovrebbe cavarsela senza troppi problemi," commentai, riferendomi alla proprietaria di casa.

Caleb annuì e feci per girarmi e andarmene, ma Ward mi fermò. "Sì?" gli domandai, voltando la testa per guardarlo.

"Ha appena chiamato Carrie Dodge. Dice che Herman è rimasto bloccato di nuovo sull'albero. Ti dispiacerebbe passare ad aiutarla, prima di tornare a casa?"

Con una risata, annuii. "Contaci."

Tutti i pompieri stanziati a Willow Brook conoscevano Carrie. La caserma fungeva da base per quasi tutta l'Alaska e contava due squadre hotshot e una locale. Durante la stagione degli incendi ci spostavamo su tutto il territorio dello Stato per missioni che potevano durare intere settimane, isolati nella natura più selvaggia. Amavo il mio lavoro, ma poteva essere estenuante e massacrante.

Carrie riusciva sempre a strapparci qualche risata. Herman, il suo gatto, amava arrampicarsi sugli alberi. E tanto. All'inizio utilizzava l'escavatore che le aveva lasciato il defunto marito per liberarlo da sola. Finché però una volta non era rimasta bloccata in un fosso. Da quel momento, l'escavatore era diventato di "proprietà" della caserma, ma lo lasciavamo comunque da lei. Perché? Proprio per quelle emergenze.

Mentre guidavo, il sole stava cominciando a svanire all'orizzonte. Il monte Denali si ergeva maestoso in lontananza, il profilo scuro che risaltava contro le sfumature arancioni e dorate del cielo. Nonostante fossi nato e cresciuto in Alaska, proprio non mi stancavo mai di quei suoi panorami mozzafiato. L'infanzia l'avevo passata nell'area di Fairbanks, ma dopo il diploma ci eravamo trasferiti a Willow Brook. In seguito, avevo approfittato subito di una posizione apertasi alla caserma per cominciare la mia carriera di hotshot.

Svoltai nella strada di Carrie, le acque del lago di Swan che brillavano in lontananza, i colori acquarello del cielo riflessi sulla sua superficie. Chissà che vista che stava ammirando Herman, dai rami dell'albero su cui era appollaiato.

Arrivai nel giro di qualche minuto. Carrie mi salutò subito dalla veranda e andai a prendere l'escavatore. Herman aveva scelto uno dei suoi alberi preferiti e si era nascosto bene in cima, ma appena avvicinai la cucchiaia, ci si tuffò dentro.

Lo presi in braccio e lo riportai a Carrie, mentre mi

strofinava il muso contro la spalla. "Ecco qui il tuo giovanotto," le dissi.

Carrie sorrise e mi offrì un biscotto ai cereali con uvetta, il mio preferito. Quella donna sapeva benissimo come comprarci, non che fosse comunque necessario.

"Grazie tante, Jesse."

"Figurati, Carrie. Sempre pronto ad aiutare."

Mi rivolse un sorrisetto e prese a sgridare Herman, dunque salutai e tornai in auto. Diretto verso la caserma, ripensai distrattamente alla madre di Charlie. Se Hazel, la signora che avevamo soccorso quel giorno, viveva da sola, Olive poteva almeno contare su Charlie ed Emily.

Pensando a lei, ovviamente cominciai a pensare anche a sua figlia. Dopo quella cena, mi ero fermato a rimettere in ordine le idee. Ciò che provavo per lei mi lasciava spiazzato. In realtà, la sua vita personale avrebbe dovuto accendere qualche campanello d'allarme nella mia testa, estinguere qualsiasi briciolo di desiderio. Ma fu l'esatto opposto. Neanche io riuscivo a capacitarmene. Ero preoccupato per la sua situazione familiare e volevo aiutarla come possibile.

Non dico che non fossi un uomo altruista. Santo cielo, facevo l'hotshot. Aiutare gli altri era il mio lavoro. Eppure, non mi ero mai ritrovato a dover aiutare qualcuno che volessi tanto ardentemente quanto Charlie. In realtà non ero alla ricerca di una storia seria. Anzi, ero il classico ragazzo che preferiva passare da una tipa all'altra senza troppi impegni.

Eppure, mai in vita mia avevo provato un desiderio così intenso come quello. Non era certo la prima donna per cui avessi mai provato una qualche attrazione, un paio di relazioni semi-serie le avevo avute. Ma la chimica che sentivo con lei era speciale. Quella sua vita così complicata invece di allontanarmi aveva avuto l'effetto opposto. Non potevo che rispettarla per l'estrema forza che dimostrava ogni singolo giorno.

Era una donna intelligentissima che teneva proprio tanto alla sua famiglia. Farsi avanti per accudire la propria madre non era certo da tutti. Non conoscevo la storia di sua nipote e il perché fosse finita a vivere con lei, ma non faceva altro che dimostrare quanto fosse una donna premurosa e leale. Vederla portarsi sulle spalle tutti quei fardelli era troppo da sopportare.

A tal proposito, avevo agito alle sue spalle e chiesto qualche consiglio a Holly per trovare l'aiuto di cui Olive aveva bisogno. Mi era stato anche riferito che, fortunatamente, durante quell'ultima settimana non era più fuggita di casa.

Ma sapevo che la pace non sarebbe durata a lungo. Nonostante Emily fosse molto matura e sempre pronta ad aiutare sua zia con la nonna, non potevano certo andare avanti da sole. Non aveva il benché minimo senso.

Alla mia domanda, a Holly erano brillati gli occhi. "Oh, quindi ti piace Charlie." Avevo fatto finta di nulla, con un'alzata di spalle. Aveva assolutamente ragione, ma Charlie non avrebbe di certo apprezzato che me ne andassi a raccontare in giro quanto la trovavo sexy.

Comunque, Holly le aveva consegnato una lista di possibili badanti, ma temeva che il senso di colpa le avrebbe impedito di assumere sul serio qualcuno. In fondo, la pensavo come lei. Ma se Olive si fosse smarrita di nuovo, Holly avrebbe fatto il tutto e per tutto per convincerla a prendere finalmente una decisione.

Mi fermai in caserma per una doccia veloce. Con le mani poggiate alla parete, mi preparai psicologicamente per far di nuovo visita a Charlie. Dopo essermi asciugato le inviai un messaggio per informarla che sarei passato da lei con della pizza per Emily e sua madre. Sapevo non avrebbe mai potuto rifiutare. Con Waffle al seguito passai a comprare tre pizze, dato che l'ultima volta Emily ne aveva mangiata quasi una intera da sola.

Charlie aprì la porta, i capelli raccolti. Sembrava appena tornata a casa dalla clinica. Non portava il camice bianco, ma aveva dei pantaloni neri sotto una camicetta. Il mio sguardo finì subito sul solco tra i seni. Ero troppo pazzo di lei per resistere alla tentazione.

Accidenti, se avessi saputo fin dalla prima visita che sotto il camice nascondeva tutto quel ben di Dio, non avrei aspettato così tanto per baciarla. Ce la misi tutta per sollevare lo sguardo e trovare i suoi occhi. Un lieve rossore le colorava le guance. "Ciao, ho appena visto il tuo messaggio."

Prima che potessi rispondere, Emily si fiondò alla porta e per poco non mi finì addosso. Pensavo volesse prendere subito le pizze, ma in realtà era solo felicissima di rivedere Waffle. Dopo un breve saluto, scivolò dentro e si buttò su un tappeto rotondo davanti al divano, facendosi seguire dal cane.

Incrociai di nuovo lo sguardo di Charlie e le sorrisi. "Come va?"

Spalancò la porta e mi invitò a entrare. "Oh, sai, il solito. Diciamo che al lavoro è stata una giornataccia. Ma finché mamma resta tranquilla a casa, non posso lamentarmi."

Attraversammo il soggiorno, verso la cucina, e cercai con lo sguardo sua madre, trattenendo il forte impulso di accarezzare la schiena di Charlie. Aveva l'aria esausta e avrei tanto voluto stringerla a me e rassicurarla che sarebbe andato tutto bene. In quel momento mi domandai se avessi ormai perso completamente la ragione.

Porca troia, meno male avevo le mani già occupate. Lasciai le pizze sul bancone e mi voltai quando mi domandò, dal frigorifero, "Birra? Vino?"

"Sono un uomo da birra," risposi.

Quando mi rivolse un sorriso, il mio corpo reagì all'istante. Dovetti concentrarmi con tutte le mie forze per tenere a bada l'erezione. Charlie aprì una bottiglia e me la porse, per poi versarsi un calice di vino. Con il calice in mano, poggiò i fianchi al bancone e si voltò verso il soggiorno.

"Scommetto che Em pagherebbe oro per farti lasciare qui Waffle," commentò con una risatina.

Mi girai a guardarle. Emily era sdraiata sul tappetto a coccolarla. Probabilmente Waffle sarebbe stata felice di restare lì con loro. Mi era molto fedele, ma amava essere sempre al centro delle attenzioni.

Incrociai lo sguardo di Charlie e mi strinsi nelle spalle. "Può venire a trovarla quando volete. Tua madre dov'è?"

"Sta dormendo. Dorme proprio tanto," mormorò. "Volevo dirti di non prendere troppa pizza, ma..." Guardò i tre cartoni e non c'era neanche bisogno che finisse la frase.

"Ah, ma non preoccuparti. Se ne rimane troppa poi se la finirà Emily, no?"

Charlie rise piano, un suono dolce e melodioso. Cazzo. Trovavo sexy perfino la sua risata. Era assurdo pensare che all'inizio potevo a malapena sopportarla. Ma non era colpa sua, in fondo. Era soltanto la mia dottoressa; in realtà ce l'avevo con la mia spalla e non con lei. Pensandoci, ricordai una cosa.

"Ehi, senti. Quando Sandy mi ha chiamato per

ricordarmi del prossimo appuntamento, mi ha detto che verrò visitato dal dottor Johnson.”

Le mie parole la fecero arrossire. Ok, la situazione mi stava sfuggendo di mano. Quel lieve rossore sulle sue guance bastò a risvegliare di nuovo la mia erezione.

“Oh, giusto. Mi è sorto un impegno e lui invece era disponibile, tutto qui.” Se non fosse arrossita, avrei anche potuto crederci.

Guardandola dritta negli occhi, bevvi un sorso di birra. “Non è vero.” Un sorrisetto compiaciuto mi incurvò le labbra.

Resse il mio sguardo, le guance sempre più rosse. Dopo un sorso di vino, scosse leggermente la testa. Cosa non avrei dato per potermi infilare in quella sua testolina.

“Ok, d’accordo. Ritengo sia più consono farti seguire dal dottor Johnson.”

“E perché mai?”

Strinse le labbra e mi guardò con occhi intensi. Sapevo benissimo di averla messa all’angolo, ma non che la cosa mi importasse più di tanto. Volevo una spiegazione.

“Dai, Jesse, lo sai,” mormorò rapida, prima di bere dell’altro vino.

“No. In realtà non lo so. Altrimenti non vedo perché avrei dovuto chiedertelo.” Neanche io sapevo spiegarmelo, ma il mio cuore aveva bisogno di sentirle dire la verità. Magari perché non riuscivo a smettere di pensare a lei e volevo giusto assicurarmi che anche lei provasse lo stesso.

Si voltò verso Emily e Waffle e poi il suo sguardo tornò su di me. “Devo farti un disegnino, Jesse? Mi hai baciata. Non posso permettermi di mescolare il lavoro con la vita professionale,” sibilò.

"Oh, ma guarda che quel bacio l'hai ricambiato," replicai.

Ci mancò poco che non sputasse il vino che aveva in bocca. Strappò un foglio di carta da cucina e se lo passò sulle labbra, per poi asciugare la singola goccia di vino che dal collo le stava scivolando tra i seni.

Avrei venduto l'anima per potergliela leccare via io stesso. Ma non eravamo soli, quindi non era certo il momento per far avverare certe fantasie.

"Sì, ok, l'ho fatto," affermò spazientita, come per chiudere la conversazione.

Oh, non gliel'avrei affatto permesso. La fissai dritta negli occhi e poi scossi lentamente la testa. "E comunque non vedo che problema dovrebbe esserci. È stato solo un bacio, no? Quindi perché preoccuparti tanto? Se è quello che vuoi, ti prometto che resterò il più professionale possibile. A meno che..."

Allargò le narici e fece un bel respiro profondo, che per mio grande piacere le tirò la camicetta sul seno. I capezzoli duri premevano sotto il tessuto sottile.

Un attimo dopo, Charlie scoppiò a ridere. "Senti, non mi va di parlarne. Non adesso."

Per me era sufficiente.

———

Portai l'ultimo piatto alla lavastoviglie e mi fermai un attimo ad ammirare il fondoschiena di Charlie, china a riempire il cestello delle posate. Quante cose avrei voluto farle. Non avevo proprio la minima intenzione di tornarmene a casa senza poterla gustare di nuovo.

Con Olive ancora addormentata ed Emily che si era rintanata in camera sua, regnava una pace totale. Charlie raddrizzò la schiena e le passai il piatto. Dopo averlo sistemato nel cestello, chiuse lo sportello e avviò la lavastoviglie. Il leggero ronzio colmò subito il silenzio.

Charlie si voltò verso di me, lasciando le mani sul bordo del ripiano. Poi dischiuse le labbra ed esalò un lieve sospiro. A un certo punto della serata si era sciolta i capelli, che le ricadevano in onde sulle spalle. Si era pure infilata dei pantaloni in cotone che le ricadevano morbidi sui fianchi, lunghi fino alle caviglie. Ma quella camicetta così sexy l'aveva tenuta e morivo dalla voglia di sbottonargliela.

Feci un passo verso di lei, aspettandomi provasse ad allontanarsi. Ma non lo fece.

Rimase ferma a guardarmi, i lineamenti addolciti dalla cascata di capelli e le guance leggermente colorate.

"Quindi d'ora in avanti dovrò tornare a farmi seguire dal dottor Johnson. Devo dedurre che quello non era il nostro primo e ultimo bacio?"

Le mie parole la fecero arrossire violentemente. Vedevo distintamente il battito frenetico del suo cuore che le pulsava sotto la delicata pelle del collo. Si fosse trattato di una qualunque altra donna, l'avrei preso più come un gioco. Ma con Charlie, mi sentivo come elettrizzato. Quel desiderio così intenso che mi cresceva dentro sembrava impossibile da soffocare.

Si prese l'angolo del labbro tra i denti, cominciando a torturarlo. Quel gesto così semplice non fece che alimentare le fiamme della passione che mi ardevano dentro. I suoi occhi trovarono i miei, un lampo misterioso nelle loro profondità. Sparì rapido come un fulmine, ma mi colpì dritto al cuore. Quel suo sguardo mi mosse qualcosa dentro, risvegliando un senso di protezione che non avevo mai provato prima di allora, un bisogno di aiutarla a trasportare tutti i suoi fardelli.

"La mia vita è molto complicata, sai," mormorò, in riposta.

"Lo è un po' quella di tutti, no?" ribattei.

Le sfuggì una risata sorpresa. "Beh, non credo succeda a tutti di trasferirsi dall'altra parte del Paese per accontentare la propria madre e poi scoprire che la sua condizione non le permette neanche di godersi a pieno questo cambiamento. E non credo neanche sia molto comune ritrovarsi a crescere all'improvviso una quindicenne scontrosa come mia nipote, senza la minima esperienza come genitore. Direi che posso permettermi di dire che ho una vita complicata," affermò brusca.

"Beh, tutto questo lo sapevo già. Dimmi qualcos'altro." Una vocina lontana nella mia mente si interrogò sull'assoluta mancanza di una reazione davanti a quei dettagli della sua vita. Per qualche motivo, non avevo paura di farmi coinvolgere in quel caos che era sulla sua vita. Anzi, non desideravo altro che proteggerla e poterla fare mia.

Ancora non si mosse, il respiro sempre più affannato. Dovetti fare appello a tutto il mio autocontrollo per trattenermi dal baciarla.

"Perché, non ti basta?" domandò.

"Per allontanarmi, dici?"

Le sfuggì un'altra risata sorpresa. Un attimo dopo prese il bicchiere quasi vuoto e finì il vino in un sorso solo. L'ultima goccia le fuggì sul labbro e la raccolse con la punta della lingua, un'immagine a dir poco sensuale.

"Beh, sai, qualsiasi persona sana di mente se la darebbe a gambe levate," disse lei.

"Quindi direi che sono pazzo."

Eliminai qualsiasi distanza tra di noi e posai la bocca sulla sua. Al contatto la sentii irrigidirsi per un breve secondo. L'aria si caricò subito di elettricità quando con un gemito gutturale dischiuse le labbra, un chiaro invito a continuare. Mi passò la mano dietro la nuca, stringendo con forza i capelli. Feci scivolare la lingua nella sua bocca calda e accogliente, cercando la sua. Ci baciammo senza freni, presi da un'irrefrenabile passione. Quel bacio dettato da puro e semplice desiderio primordiale si trasformò presto in qualcosa di molto più speciale.

Con Charlie proprio non riuscivo a controllarmi. La chimica che ci univa era una forza a sé stante. Intrecciai le dita ai suoi capelli, senza smettere di divorare quella sua bocca così deliziosa. Realizzai vagamente di avere una mano stretta a morsa sul bordo del ripiano. La spostai e le carezzai la schiena, facendola scivolare con una lenta passata. Le strinsi così il sedere morbido, spingendola verso l'erezione pulsante.

Avevamo perso entrambi la ragione, guidati come due selvaggi soltanto dal desiderio. Mi avvolse una gamba attorno al polpaccio e si premette contro di me. Un attimo dopo fece scivolare una mano sotto la maglietta e il contatto sembrava quasi creare piccole scariche elettriche sulla pelle.

Waffle abbaiò piano e la sentii a malapena, troppo perso nell'intensità del momento e nella passione travolgente. Mi staccai infine dalle labbra di Charlie e posai la fronte sulla sua. "Credo che Waffle abbia sentito qualcosa."

Aprii gli occhi e trovai i suoi in attesa. Le sfuggì un delicato versetto gutturale che mi fece quasi esplodere il cuore. Dopo aver metabolizzato le mie parole, fece una roca risata.

Con fatica, voltai la testa e guardai verso il soggiorno. Waffle stava dormendo come un sasso, agitando una zampetta. Probabilmente stava sognando qualcosa.

"Forse non..." cominciò Charlie, fermandosi prima di completare la frase.

Probabilmente avrebbe voluto dire che non avremmo dovuto cedere alla tentazione lì in cucina, con la madre e la nipote al piano di sopra.

"Andiamo a farci una passeggiata," le dissi. "Puoi uscire per un pochino, sì?"

Mi guardò, valutando la mia offerta. La sua espressione era illeggibile. Un momento dopo, annuì. "Solo un pochino, però. Em è una ragazzina, non sai quanto le piacerebbe avere casa libera ogni sera. E quando mia madre dorme sono piuttosto tranquilla. Ma non posso restare comunque troppo a lungo," dichiarò.

Sollevai la mano e le spostai i capelli dagli occhi, notando la ciocca viola. "Tranquilla, non ti sto chiedendo di passare la notte da me. Da qui a casa mia ci vogliono giusto cinque minuti. Possiamo riaccompagnare insieme Waffle."

Alcune cose rimasero non dette, ma dentro di noi sapevamo già come sarebbe andata a finire.

"D'accordo," rispose, lentamente. "Riaccompagniamo a casa Waffle."

Le passai le mani tra i capelli, avvolgendomi la ciocca colorata attorno al dito. "Mi spieghi perché te la sei fatta? Sono curioso."

"È stata Emily. Volevo giusto legare un po' con lei," rispose, con un dolce sorriso.

"Mi piace tanto," confessai. Non ammisi però che mi ricordava i nostri baci. Era una donna all'apparenza rigida e formale, ma quando si lasciava andare riusciva a travolgerti come un fuoco dolce.

Capitolo Otto

CHARLIE

Ci avventurammo nel bosco, avvolti dall'oscurità, al seguito di Waffle. L'aria era frizzante e gelida, gli ultimi rimasugli dell'inverno che stava per cedere il posto alla primavera.

Il cielo era puntellato di stelle, luminose come diamanti. Nuvolette di condensa si sollevavano nell'aria con il nostro respiro. Avevo come un fuoco dentro che mi proteggeva dal freddo. Quell'uomo riusciva proprio a farmi impazzire.

Una vocina nella mia testa mi urlava di tornare a casa. Il giorno dopo avrei dovuto lavorare, Emily sarebbe andata a scuola. Un pochino però potevo permettermi di stare via. Avevo fatto installare un allarme che mi avrebbe avvertita per telefono se qualcuno avesse aperto qualche porta. Non avevo nulla di cui preoccuparmi, perfino Emily aveva approvato quella soluzione. Non c'era pericolo che provasse a svignarsela di casa nel cuore della notte.

Quindi, molto probabilmente, quell'ansia travolgente che provavo era dovuta al desiderio irrefrenabile che mi scorreva nelle vene, con un'intensità tale da far paura. Si era generato in una parte di me che avevo chiuso sottochiave dopo aver perso mio padre e mia sorella. A quel dolore si era aggiunto il peso di dover provvedere per le uniche persone che mi erano rimaste. Tre personalità così diverse costrette a vivere sotto lo stesso tetto, ma unite da un profondo affetto.

Era da tanto, troppo tempo che non mi lasciavo andare. Con la calda mano di Jesse attorno alla mia, la presa salda e decisa, lo seguivo tra gli alberi. Non ci eravamo scambiati una parola. Volevo soltanto gettarmi nelle fiamme del desiderio che ci univa e dimenticare, anche se giusto per poco, tutto lo stress che mi portavo dentro da mesi e mesi.

Non che non mi fidassi di lui, ma mi stupì vedere che aveva ragione. In pochi minuti, uscimmo dagli alberi e arrivammo in una radura. Le nostre case erano collegate da un sentiero, che quasi sicuramente univa tutte le abitazioni del vicinato.

Manco a farlo apposta, dissipò subito i miei dubbi. "Un tempo era una pista da sci. Si estende oltre il vostro terreno. Tutta questa zona apparteneva a una famiglia sola." Fece una pausa, indicando la fine del sentiero. "C'erano diverse piste che avevano aperto al pubblico. Ma parliamo di prima che mi trasferissi qui. Me l'hanno detto quando ho acquistato la casa."

Annuii e sollevai lo sguardo al cielo, prendendo una bella boccata d'aria. In lontananza, la luna brillava sulle vette delle montagne, proiettando il suo bagliore argentato sul panorama.

Waffle ci stava già aspettando sulla pedana posteriore. La fioca luce delineava il profilo della casa. Era una villetta modesta, a un piano solo. Il tetto si alzava leggermente al centro. Ancora mano nella mano, Jesse mi trascinò attraverso il cortile per raggiungere il cane.

La parete dietro la pedana vantava grandi finestre alte fino al soffitto, con una portafinestra nel mezzo.

Come la aprì, Waffle si fiondò dentro e la seguimmo. Un secondo dopo, una luce in un angolo e il lampadario si accesero, illuminando l'ambiente. Probabilmente erano dotati di sensori di movimento. Mi fermai e mi guardai intorno. Ci trovavamo in soggiorno, dove c'erano un divano componibile, un televisore alla parete e una piccola stufa a legna sul fondo.

Sull'altro lato, il parquet lasciava spazio alle mattonelle della cucina. Un bancone correva lungo la parete, con il lavello al centro, la lavastoviglie su un lato e il frigorifero su quello opposto. Un'isola ricurva separava le due stanze, il piano cottura con il forno sul lato che dava sulla cucina, mentre dall'altro c'erano alcuni sgabelli.

La palette di colori era piuttosto semplice, un grigino chiaro dominava su tutto. Incrociai lo sguardo di Jesse e sorrisi. "Che bel posticino," dissi, la voce che rimbombava nella stanza silenziosa.

Si strinse nelle spalle. "Grazie. Ho affidato il progetto a un'impresa edile locale, la Kick A** Costruzioni. La gestiscono due mie amiche, Amelia e Lucy."

In centro mi era capitato di vedere l'insegna dello studio, ma non sapevo fosse l'azienda di due donne. Mi feci una risata deliziata. "Beh, caspita. Sono proprio brave," commentai, continuando a guardarmi in giro. Sul fondo c'erano un portone e un piccolo corridoio con diverse porte su ambo i lati.

Quando mi voltai di nuovo verso Jesse, il suo sguardo si fece più intenso. "Beh, quindi..." mormorò.

Non sapevo cosa dire, ma bastò la sua voce a farmi venire le farfalle allo stomaco.

Waffle trottò alla ciotola dell'acqua, vicino al

bancone della cucina. Dopo essersi abbeverata, si allontanò scodinzolando e svanì in una delle stanze. Jesse incrociò il mio sguardo, con un sorrisetto da capogiro sulle labbra.

"Le piace dormire nel letto degli ospiti," affermò con una risata. "Ormai è diventato praticamente suo."

"Oh," risposi, senza trovare niente di meglio da dire.

Averlo così vicino mi fece venire la pelle d'oca. Al forte senso di anticipazione se ne univa anche uno di incertezza. Ero una donna molto ansiosa, sempre preoccupata a pensare al lavoro, a mia mamma, a Em. Mi sembrava così strano mettere quelle angosce da parte, anche se solo per poco. Era come se nella testa avessi un criceto che girava all'infinito nella sua ruota, senza lasciarmi neanche un attimo per respirare. Dopo tutto quel tempo da sola, probabilmente non ero più nemmeno brava a lasciarmi guidare dal desiderio.

Speravo davvero fosse un po' come andare in bicicletta.

Mi resi conto di aver parlato a voce alta soltanto quando un sorriso astuto eruppe sul volto di Jesse. "Sai, secondo me lo è," mormorò.

Mi studiò il volto e il suo sorriso si spense lentamente.

"Posso riaccompagnarti a casa, se vuoi," disse, quasi bisbigliando.

Reggendo il suo sguardo, provai a fare un bel respiro profondo. Ma con il cuore che batteva furioso nel petto, non riuscivo a fare entrare abbastanza aria nei polmoni. Jesse doveva aver notato la mia ansia e, da vero gentiluomo, mi stava offrendo una via d'uscita.

Ma quel desiderio che mi scorreva impetuoso dentro, come un fiume in primavera, travolgeva tutte le mie ansie. Qualche giorno prima mi ero fermata ad ammirare una cascata, meravigliata dalla forza e dalla rapidità dell'acqua. Ecco, io mi sentivo proprio così. Come se il mio corpo si fosse risvegliato da un sonno profondo, per poi esplodere con un'intensità quasi selvaggia.

Anche se per una volta sola, anche con il rischio di creare imbarazzi futuri, avevo bisogno di concedermi quello sfizio. Perché Jesse era stato il solo e unico a essere riuscito a scalfire la corazza che mi ero costruita attorno.

Lo guardai e scossi la testa. "No, a casa mi ci puoi accompagnare dopo." Detto ciò, lo presi per mano e lo attirai a me.

E in un secondo, dimenticai tutto il resto.

Le nostre bocche si trovarono in un bacio infuocato. Io stavo divorando lui, lui stava divorando me. Un desiderio intenso e speciale mi stava guidando. In quel momento, ricordai la triste verità che negli ultimi tre anni non ero stata con nessun uomo. Ero aggrappata a lui come a un salvagente. Con una mano gli accarezzai il collo, salendo ad afferrare i riccioli scompigliati. Attorcigliai un piede alla sua caviglia, mentre con l'altra mano gli esploravo il petto poderoso. Era la personificazione della virilità, il fisico muscoloso scolpito nella pietra.

Anche Jesse sembrava disperato quanto me. Mi ficcò la lingua in bocca con un grugnito, tenendomi ben ferma mentre mi baciava come se il mondo potesse finire da un momento all'altro. In quel momento, non potevo fare altro che abbandonarmi completamente alle fiamme di quel fuoco che ci avvolgeva. Il nostro era un bacio selvaggio, che quasi faceva male. Un lieve bruciore mi pervase la cute quando mi afferrò i capelli. A un certo punto mi lasciò andare per tracciare una scia di baci umidi lungo il collo. Con ogni tocco delle sue labbra, rabbrividivo.

Sentivo le mutandine bagnate e presi a strofinarmi contro di lui, alla disperata ricerca di quel tanto agognato sollievo. Sentivo l'erezione calda e pulsante sul mio sesso e per poco non lanciai un grido deliziato quando mi afferrò il fondoschiena per sollevarmi.

Ovviamente, per lui reggermi era una passeggiata. Mormorò qualcosa e mi venne la pelle d'oca sentendo le morbide labbra sfiorarmi la pelle.

"Cosa?" domandai, non avendo sentito.

Sollevò la testa e mi portò verso il divano. "Ho detto che la spalla è guarita. Direi che si vede, no?"

A quel luccichio malizioso nei suoi occhi, unito al sorrisetto mozzafiato che gli incurvava le labbra, il mio stomaco prese a fare le capriole, pervaso da un calore intenso e cocente.

Risi quindi piano. "Direi che è normale, sai. Sono quasi passate due settimane."

"Se il dottor Johnson non mi permette di tornare al lavoro gli dico di venire a parlare con te," ironizzò, divertito.

Risposi a tono. "Vedo che ho fatto bene a trasferirti da lui."

Il suo sguardo si fece più buio, più intenso. Si piegò in avanti e mi poggiò sullo schienale. Le mie ginocchia si divaricarono da sole, permettendogli di avvicinarsi. Abbassò lo sguardo sul mio seno, così ardente che riuscivo quasi a sentirlo sulla pelle. I capezzoli reagirono all'istante, mettendosi sull'attenti. Jesse lasciò andare i capelli, facendo scivolare la mano sulla curva del collo e giù fino ai bottoni della camicetta.

"È tutta la sera che sogno di sbottonarla," mormorò, la voce roca che riuscì a scuotermi tutta, alimentando ancora di più il desiderio.

Sussultai quando l'aria fresca mi sfiorò la pelle, facendo indurire ulteriormente i capezzoli, fino a far male. Jesse tracciò con un dito la seta del reggiseno, il tocco delicato che sembrava comunque lasciare un marchio di fuoco sulla pelle. Strizzò un bocciolo e lanciai un urlo.

"Charlie..." mormorò.

Sollevai la testa e trovai i suoi occhi verdi in attesa, colmi di un desiderio innegabile. Era un vero sollievo vedere che pure lui era perso in quell'abisso tanto quanto me.

Fece roteare il dito attorno al capezzolo e inarcai il bacino verso il suo, ritrovando un secondo dopo la sua bocca sopra la mia. Con un semplice gesto, slacciò il reggiseno. Mi faceva male tutto, il bisogno di averlo era insopportabile.

In un battito di ciglia si prese il colletto e sfilò la maglietta, lasciandola cadere a terra accanto alla mia camicetta. Poi mi sollevò con un braccio solo — già, era proprio così tanto forte — e mi abbassò i pantaloni. Li lanciai via e mi mise giù. Si sistemò di nuovo tra le mie gambe, il petto caldo premuto contro il mio.

Sentire quei muscoli duri come il marmo era un qualcosa di indescrivibile. Ormai stavo impazzendo per il desiderio. Mi mancava l'aria e non riuscivo a smettere di strofinarmi contro di lui.

Che fosse perché era da troppo tempo che non entravo in intimità con un uomo o perché la chimica che ci univa bruciava davvero così ardente, beh, non ne avevo idea. Sapevo soltanto che avevo talmente tanto bisogno di lui da avere il corpo in fiamme. Cominciai a sbottonargli i jeans, mentre lui passava le dita sulla seta tra le mie cosce. Ero bagnatissima e impaziente.

Un altro grido mi sfuggì quando spostò di lato il tessuto e accarezzò le pieghe della carne, per poi infilare due dita dentro di me. Ero strettissima, ma non mi importava. Volevo di più. Ne avevo bisogno. Gli abbassai i jeans e passai una mano sul pacco. Senza perdere altro tempo, infilai la mano nelle mutande e le abbassai sui fianchi per avvolgere le dita attorno all'asta. Mormorò qualcosa sulla mia pelle e morse un capezzolo. Parole sensuali, sconce.

"Cazzo, Charlie, quanto sei sexy..."

La sua voce si perse in un grugnito gutturale. Non era un complimento che mi veniva fatto spesso. Sinceramente, mi era piaciuto proprio tanto. Mentre continuava a fottermi con le dita, la pressione dentro di me prese ad aumentare. Ogni sua parola era come benzina sul fuoco, le fiamme attorno a noi sempre più alte e ardenti.

"Sei bagnatissima... Non vedo l'ora di sentirti attorno al cazzo..."

Mi dimenavo come una folle sulla sua mano. Quando cominciò a massaggiare il clitoride con il pollice, esplosi sulle sue dita. L'orgasmo mi travolse violento, mentre ondate di piacere mi scuotevano tutta. Mi lasciò senza fiato e senza forze. Quasi mi sciolsi contro di lui.

Poi mi prese in braccio e girò il divano, sedendosi con me in grembo. Recuperò un preservativo dal portafogli e lanciò via le mutande, infilandoselo in tempo record.

Fluttuavo in una nebbia di piacere e passione, ma ancora non mi sentivo soddisfatta. Presa dal desiderio insaziabile, aprii gli occhi. Bastò un solo sguardo a riaccendere il fuoco che avevo dentro. Era maledettamente bello con i suoi riccioli spettinati, gli occhi verde scuro e i lineamenti decisi del volto.

Chinai leggermente la testa per poter ammirare quella meraviglia del suo petto. Per quei brevi momenti rubati, poteva essere mio e mio soltanto. Feci scivolare una mano sulla mascella forte, per poi scendere fino ai pettorali. Rimase col fiato sospeso quando presi a esplorare gli addominali e afferrai delicatamente l'erezione.

"Ho bisogno di farti mia," mormorò, la voce tirata.

Mi sollevai per permettergli di posizionarsi all'ingresso della mia femminilità. Infilò giusto la punta e mi abbassai lentamente su di lui, accogliendolo nel canale stretto. La sensazione di pienezza mi strappò un urlo di immenso piacere. Tirava tantissimo, ma era *troppo* bello. Soltanto la sensazione di averlo dentro di me bastò a riportarmi al limite.

Capitolo Nove

JESSE

Charlie si abbassò su di me, prendendo ogni centimetro dell'asta nel suo canale stretto, caldo e accogliente. Era bagnata fradicia, così tanto che scivolai dentro con assoluta facilità. "Cazzo, è bellissimo," mormorai.

Sollevai lo sguardo per ammirarla. Era assolutamente splendida. I capelli le ricadevano in curve spettinate sulle spalle e il seno. A essere onesto non sapevo cosa aspettarmi dalla nostra unione, ma di certo niente di così intenso, selvaggio, folle.

Ricadde sulle mie cosce, dopo averlo preso tutto dentro. Non vedevo l'ora di farla esplodere di nuovo, perché il suo ultimo orgasmo era stata la cosa più sexy che avessi mai visto in tutta la mia vita. Dovetti costringere il mio corpo a restare fermo, perché quel briciolo di autocontrollo a cui mi stavo aggrappando stava per finire.

Un attimo dopo, le feci scivolare le mani lungo i fianchi e strinsi la carne. Cominciò a muoversi lentamente e seguii il suo ritmo. Il piacere mi pervase subito violento, continuando a crescere con ogni spinta. Charlie mi stava cavalcando con furia, i muscoli del canale che pulsavano attorno al mio pene.

Sentivo il seno che si strofinava contro il mio petto e mantenere il controllo cominciava a farsi sempre più impossibile. Portai indietro la testa con un grugnito. Sentivo di essere quasi al limite, ma prima dovevo assolutamente far finire di nuovo lei. Abbassai una mano e premetti il pollice sul clitoride. Lanciò un urlo e si irrigidì, finché il canale caldo non si strinse come una morsa sul mio membro, trascinandomi nell'abisso di godimento insieme a lei.

L'orgasmo mi travolse con una forza inaudita e mi ritrovai a mormorare il suo nome, prima di rimanere senza fiato. Charlie si abbandonò su di me, facendo sprofondare la testa nella curva del collo. Mi sembrava di aver appena corso una maratona. Avevo il fiatone e sentivo sulla pelle gli sbuffi caldi del suo respiro affannato.

Dopo una lunga pausa, la sentii sollevare la testa. I suoi capelli mi scivolarono via dalle dita quando incrociò il mio sguardo. Non avevo idea di come interpretare la sua espressione.

"Bene," disse piano.

"Direi *molto* bene," replicai.

Restammo fermi a guardarci per un po', poi alla fine raddrizzò la schiena. Avrei tanto voluto restare fermo in quella posizione per sempre.

Non ero affatto pronto per una svolta simile. Non mi aspettavo di certo di finire la serata in quel modo. Non che non ci sperassi. Anzi. Eppure, da quel momento in poi sarebbe cambiato tutto. Sentivo che per lei l'imbarazzo sarebbe stato troppo forte per andare avanti come nulla fosse.

"Ti accompagno a casa, dai," le dissi.

I suoi occhi grigi con quella traccia di violetto si

sbarrarono. "Non ce n'è mica bisogno. Casa mia è qui accanto."

"Preferisco comunque accompagnarti io. Non ho paura che tu possa perderti, ma da queste parti ci sono alci e orsi. Se siamo in due, sarà più difficile che si avvicinino."

Spalancò ulteriormente gli occhi, ma poi sorrise. Il mio cuore per poco non cedette. Amavo vederla sorridere. Eravamo ancora congiunti, lei sopra di me con i capezzoli rosa duri come spilli, i capelli tutti arruffati. Quella donna era tutto ciò che potessi mai desiderare.

"Però così toccherà a te tornare da solo," ribatté.

"Ci portiamo dietro Waffle."

Si fece una risatina. Cielo, avrei voluto sentirla ridere molto più spesso. Si sollevò lentamente e, con calma, ci rivestimmo.

Mi avvicinai dunque alla camera degli ospiti, dove Waffle si risvegliò dal suo sonno. Aveva l'aria confusa, ma balzò giù dal letto come ci vide avvicinarci alla porta. Passeggiammo sotto il cielo stellato, il respiro che si mescolava all'aria ancora troppo fredda. Lasciai Charlie sulla porta di casa sua, strappandole un ultimo bacio.

Quando mi infilai a letto, mi addormentai con il suo sapore sulle labbra.

———

Qualche giorno dopo tornai alla clinica per la visita dal dottor Johnson. Intravidi per caso Charlie che entrava in un'altra stanza con un suo paziente. I nostri sguardi si incrociarono per un mero secondo e la vidi arrossire prima che svanisse dietro la porta.

Per quanto avrei preferito continuare a farmi seguire da lei, era comprensibile che volesse tenere la vita privata separata dalla sfera lavorativa. In fondo, era una donna estremamente professionale. Dopo quella notte speciale in cui avevo potuto farla mia, la tentazione di passare a trovarla ogni singolo giorno era stata molto forte. Ma purtroppo non viveva da sola. Non che avessi problemi con sua nipote o sua madre, ma non potevo certo presentarmi da loro e metterla a novanta sul tavolo ogni volta che mi veniva voglia di lei.

Il dottor Johnson entrò nella sala visite, l'aria corrucciata mentre mi guardava. "Proprio non lo so perché sei finito con me, giovanotto," disse burbero.

Mi strinsi nelle spalle, preferendo rimanere sul vago. "La dottoressa Lane era troppo impegnata."

"Bah, sì, immagino," mormorò. "Fammi un po' controllare quella spalla."

La fece roteare un po' di volte, poi mi invitò a fare alcuni esercizi di stretching. Non provai il benché minimo dolore, anzi, mi sembrava addirittura più forte di prima. Doveva senz'altro essere un buon segno. Nel flusso della conversazione, ne approfittai per scoprire qualche informazione in più su Charlie. "Da quant'è che la dottoressa Lane lavora qui?"

"Bah, saranno ormai sei mesi. Vorrei andarmene in pensione l'anno prossimo, quindi spero proprio decida di restare. Sto ancora cercando qualcun altro per la clinica."

Bussarono alla porta e un'infermiera avvertì il dottore dell'arrivo del prossimo paziente. Finimmo dunque la visita e finalmente approvò il mio rientro completo alla normalità. In corridoio mi scappò lo sguardo sulla porta dell'ufficio di Charlie. Mi lanciai un'occhiata intorno per assicurarmi non ci fosse nessuno in giro e, senza esitare, bussai e aprii la porta, sperando di trovarla dentro. La fortuna mi sorrise.

Charlie era seduta alla scrivania, la mano appoggiata al bordo mentre parlava al telefono.

"Em, sto solo dicendo che prima di darti l'ok per farti dormire da lei voglio parlare con sua madre."

Non sentivo nulla di quello che stava dicendo Emily, ma era ovvio stessero discutendo poco allegramente. Solo in quel momento Charlie si voltò e mi vide. Sbarrò gli occhi per la sorpresa e un lieve rossore le tinse le guance. "Ora devo andare, Em. Ti richiamo tra poco."

Chiuse subito la chiamata e sospirò profondamente, sistemandosi gli occhiali sul naso.

Avevo dimenticato quanto fosse bella con gli occhiali. Ma non era il momento per pensarci.

"Cos'è successo?"

Charlie posò i fianchi sulla scrivania, voltandosi completamente verso di me. "Vuole passare il weekend a casa di un'amica, ma prima voglio discuterne con i genitori. Quindi... beh, immagina un po' come l'ha presa. Dovrò trovare da sola un numero di telefono per contattarli. Non ho problemi a lasciarla da un'amica. So quanto le farebbe bene. È solo che devo fare il mio dovere, no? E lei non fa che darmi dell'impicciona rompiscatole."

"Come si chiama la sua amica?"

"Kayla Becker."

"Oh, allora conosco i genitori. Sono brave persone. Aspetta, controllo un attimo perché dovrei avere il loro numero."

"E come mai...?" Si fermò quando sollevai di nuovo lo sguardo sul suo.

"Vivo qui da molto prima di te e sono un pompiere. Conosco praticamente tutti."

Charlie rise. "Ma davvero?"

"Uno dei rischi del mestiere. Sai, vivono vicino ai miei genitori."

Trovai il contatto e le dettai il numero. "Guarda, chiamo io così posso fare le presentazioni." Senza neanche aspettare una risposta, chiamai Janice, la madre di Kayla. "Ehi, Janice, sono Jesse. So che è un po' improvviso, ma sono qui con Charlie Lane, la zia di Emily..." Mi fermai a guardare Charlie perché in realtà non sapevo come facesse Emily di cognome. Capendo il problema, sussurrò, "Lane." Quindi continuai, "Sì, la zia di Emily Lane. Ho saputo che Kayla l'ha invitata da voi per il weekend, quindi sto aiutando Charlie a mettervi in contatto."

Janice si fece una risata. "Oh, perfetto. Volevo giusto chiedere a Kayla il numero della mamma di Emily. Ma Charlie è la zia, hai detto?"

Ecco, quella parte della vita di Charlie per me rimaneva un mistero. Sapevo soltanto che avesse perso suo padre e sua sorella, non perché Emily fosse rimasta con lei. Ma non spettava a me provare a spiegarle la situazione. "Che ne dici se ne parli direttamente con lei? Dai, così è più semplice."

Charlie prese il telefono e si presentò a Janice. Parlarono per qualche minuto e alla fine si accordarono sugli orari. Dopo aver chiuso la chiamata e avermi restituito il cellulare, esalò un profondo sospiro di sollievo. "Grazie. Ora posso dare la bella notizia a Em. Ti dispiace se la richiamo?"

"Ma certo che no." Mi ero presentato senza preavviso e in realtà ero proprio contento non mi avesse ancora cacciato a calci. Mi avvicinai alla finestra, che faceva da cornice ai monti in lontananza. Charlie nel frattempo parlava con Emily e, dal tono della conversazione, non era difficile capire che l'avesse presa molto bene.

Terminata la telefonata si mise al mio fianco, girandosi per poggiarsi al davanzale. In quei giorni mi ero giusto chiesto come avrebbe reagito il mio corpo quando l'avessi rivista. Mi ero quasi convinto di essere riuscito a estinguere quel fuoco di desiderio che mi aveva condotto in tentazione. Ebbene, mi sbagliavo di grosso. Perfino con il camice bianco che nascondeva il suo corpo da urlo, la trovavo sexy come il peccato.

Aveva di nuovo i capelli raccolti alla perfezione sulla testa, la ciocca viola nascosta tra le altre. Si sistemò gli occhiali e un afflusso di sangue mi fluì all'inguine.

Maledizione. Non me l'aspettavo. Ma onestamente, non mi sarei *mai* aspettato nulla di quello che c'era tra me e Charlie Lane.

"Immagino tu non conosca il Festival degli Uccelli," affermò.

Il modo repentino in cui cambiò argomento mi lasciò un poco sorpreso. Cercando di allontanare qualsiasi pensiero sconcio, annuii. "Oh, invece lo conosco. È un festival di bird watching che si tiene ogni anno a Diamond Creek. Non è poi così vicino. Com'è che l'hai tirato fuori?"

"Mia mamma è un'appassionata di ornitologia e le farebbe tanto piacere andarci. Dovrebbe essere questo weekend," disse con un sorriso mesto.

"Vi accompagno io. Possiamo fare una bella gita insieme e tornare la sera."

Charlie mi fissò per qualche secondo a bocca aperta, poi le scappò una risatina. "Dici sul serio?"

Per qualche motivo, vederla così sorpresa un po' mi infastidì. Eravamo di sicuro partiti con il piede sbagliato perché ci eravamo conosciuti per quella maledetta lussazione alla spalla. All'inizio ce l'avevo con lei perché per "colpa" sua non potevo tornare al lavoro. Ma ero un brav'uomo. Le avrei accompagnate volentieri. Sarebbe stato un bellissimo viaggio.

"Ma certo," risposi, ignorando la vocina indispettita nella mia mente.

Da quella notte passata insieme, non avevo smesso un secondo di pensare a lei. Ripensandoci, poteva quasi sembrare la stessi invitando a un appuntamento. Ma non saremmo comunque stati soli. Eppure, la presenza di sua madre dava alla cosa un livello ancora superiore di intimità.

Mi sentivo come un pesce fuor d'acqua.

Lo sguardo di Charlie si incupì. "Ehi, senti, sei molto gentile, ma qui stiamo parlando di mia madre. Potrebbe..."

Scossi con decisione la testa e si fermò, quindi replicai, "È un viaggio bellissimo. Possiamo passare la giornata lì e fermarci a pranzo in qualche bel posticino. Non lo faccio mica malvolentieri. Te lo assicuro. Se a tua mamma farebbe piacere esserci, allora non vedo perché non portarla." Evitai però di constatare l'ovvio. Probabilmente non le sarebbero rimaste molte altre occasioni per visitare il festival.

All'inizio Charlie non disse nulla, poi l'ombra di un sorriso le illuminò il volto. "D'accordo. A mia mamma farà tanto piacere e da sola non avrei proprio saputo come muovermi."

Capitolo Dieci

CHARLIE

"Em, andiamo!" urlai dal piano di sotto.

Misi l'ultimo piatto in lavastoviglie e chiusi lo sportello, per poi correre di sopra da mia madre. Con cautela, infilai la testa nella camera da letto e la trovai ancora addormentata.

Forse avrei dovuto svegliarla e portarla con noi, ma in fondo non ci avrei messo molto ad accompagnare Emily dalla sua amica. Nonostante avessi un allarme su tutte le porte, era difficile comunque non preoccuparsi. Grazie al cielo era ancora abbastanza indipendente, ovvero riusciva a lavarsi, vestirsi e prepararsi da mangiare da sola. Il problema sorgeva quando decideva di uscire di casa.

Dormiva profondamente e in quel periodo passava sempre più tempo a letto. Con il cuore pesante, chiusi piano la porta. Data l'età e le sue condizioni era normale dormisse di più, ma odiavo vederla spegnersi ogni giorno di più. Era una sofferenza incredibile. Le lasciai un bigliettino sul bancone, in caso scendesse in cucina mentre ero fuori con Emily.

Tornai di sopra da Em, sentendo che stava trafficando in camera sua. Prima di entrare, però, bussai alla porta.

"Avanti," rispose.

La trovai accanto al letto che frugava nello zaino.

"Pronta?" le chiesi.

Sollevò lo sguardo. "Non trovo le cuffie."

"E ti servono davvero?"

Em sospirò e annuì con vigore. "Certo che mi servono."

Non ero mica nata nell'età della pietra, ma proprio non capivo come facessero i giovani a passare tutto il tempo appiccicati agli schermi dei loro telefoni invece di parlare tra di loro.

"Dove le hai viste l'ultima volta?"

Dopo un rapido giro della casa le trovò in bagno e mi abbracciò per averla aiutata. Essendo un'occasione più unica che rara, la strinsi forte prima di lasciarla andare.

"Bene, allora andiamo."

In macchina Emily restò in silenzio, lo sguardo rivolto fuori dal finestrino. Ero felicissima si fosse fatta un'amica. Avrei voluto dire qualcosa a riguardo, ma sapevo che detestava commenti sulla sua vita sociale.

"Tu che fai questo weekend?" chiese all'improvviso.

La domanda mi colse alla sprovvista. "Beh, porto la nonna a quel festival di uccelli che vuole tanto vedere. Jesse si è offerto di accompagnarci."

Mi fermai a uno stop e sentii il suo sguardo su di me. Mi voltai e notai la sua espressione sorpresa. "Che c'è?"

"Wow," disse, senza aggiungere altro.

"Che vorrebbe dire?"

"Quindi è *roba* seria."

"Roba seria?"

Annuì con vigore. "Beh, insomma. Si vede che gli

piaci. Non ci credo che vi porta fino al festival. È proprio tanto gentile da parte sua."

Sentii le guance in fiamme. Non tanto per le sue parole, ma perché flash di quella notte insieme mi riaffiorarono nella mente. In qualche modo riuscii a rimanere impassibile. Forse. Mi strinsi nelle spalle ed Emily sbarrò gli occhi, con un sorrisetto furbo che le incurvava le labbra.

Continuai a guidare, seguendo le indicazioni di Janice.

"Quindi state insieme?" chiese Em.

Feci un respiro profondo e scossi la testa. "Ci sta portando al Festival degli Uccelli. L'unica cosa che conta è che la nonna sia felice."

Presi una stradina che serpeggiava tra gli alberi. Em fece una pausa e poi continuò. "Secondo te per quanto ancora riuscirà a godersi momenti del genere?"

Arrivai al vialetto circolare davanti alla casa e mi fermai, girandomi subito verso Emily. "Non lo so," dissi, la voce strozzata dall'emozione. Era una situazione completamente diversa rispetto alla morte di mio padre e di mia sorella. Con lei era come se ci stessimo dicendo addio un pezzettino alla volta.

Em aveva gli occhi lucidi, quindi non esitai ad abbracciarla. Per una volta, anche lei mi strinse forte. Poco dopo mi lasciò andare e tirò su col naso, aprendo il vano portaoggetti.

"Hai dei fazzoletti, per caso?" mi chiese.

"Sì, se controlli meglio sono lì dentro."

"Trovati, grazie. E grazie anche per avermi permesso di passare la notte qui."

"Tutto il weekend, vorrai dire."

Mi sorrise con gioia. "Giusto."

Mi stampò un bacio sulla guancia e poi balzò giù dall'auto. La seguii con lo sguardo finché non arrivò alla porta e mi si strinse il cuore. Em era arrivata da me in un momento in cui ancora non mi sentivo pronta a diventare madre. Tra tutti gli alti e bassi avevo sempre fatto del mio meglio e non potevo che sperare di vederla sempre felice.

———

Quella sera, mi stavo rilassando in cucina quando qualcuno bussò alla porta. Andai subito ad aprire e trovai Jesse in attesa. In mezzo secondo, uno stormo di farfalle mi invase lo stomaco. Ormai riusciva sempre a farmi quell'effetto.

"Ciao," gli dissi, sorprendendo pure me stessa di essere riuscita ad articolare una singola parola.

Sfoderò un sorrisetto che mi fece battere il cuore a mille, scatenando una vampata di calore che mi avvolse tutta.

"Volevo giusto chiederti a che ora volessi partire domani," affermò, pacato.

Decisi di non ricordargli che avrebbe benissimo potuto usare il telefono. Feci dunque un passo indietro e lo invitai a entrare. "Dov'è Waffle?"

"A casa, stava dormendo come un ghiro," rispose con una risata. "Ogni tanto passa la giornata con un mio amico che ha uno dei suoi cuccioli. Dopo aver giocato tutto il giorno torna sempre a casa esausta."

"Oh? Ha dei cuccioli?"

"Eh, sì. Quando l'ho presa ho scoperto che era già incinta. I cuccioli sono disseminati per tutta la città e alcuni li hanno adottati dei miei amici."

"Oh."

La mia solita eloquenza era tornata più forte che mai.

"Tua mamma invece dov'è?"

"A letto. Dorme tanto."

Wow. Due frasi di senso compiuto.

Eravamo ancora fermi sull'uscio. Jesse si infilò una mano in tasca, per passarsi l'altra tra i capelli. "Direi che è una buona cosa, no?"

Mi strinsi nelle spalle. "Almeno così non devo preoccuparmi troppo. Em invece è da quella sua amica. Non sai quanto è felice, guarda."

Mi voltai perché dovevo assolutamente trovare una distrazione. Andai dunque in cucina. "Ti va qualcosa da bere?"

"Sì, grazie," rispose. "Magari una birra, se ce l'hai."

"Certo che ce l'ho."

Presi una bottiglia dal frigorifero per Jesse e poi mi versai un calice di vino. Si accomodò a uno degli sgabelli del bancone, quindi feci lo stesso. Bevendo un sorso, cominciai a domandarmi cosa ci avrebbe riservato la gita dell'indomani.

"Secondo te a che ora dovremmo partire?"

"Allora, ho controllato il programma. Se ce la fai, io partirei per le sei," rispose, un luccichio negli occhi.

Sorseggiai di nuovo il mio vino, sentendo un sorrisetto che non riuscivo a trattenere. "Certo che ce la faccio. Durante l'internato ho fatto turni di diciotto ore. Ho perfino dormito in ospedale, suvvia! Cosa vuoi che sia svegliarmi alle sei del mattino? Tanto mi sveglio presto comunque."

"E per tua madre ci sono problemi?" chiese prima di bere della birra.

Mi cadde lo sguardo sulle sue dita e ricordai la sensazione di averle dentro di me. Un'ondata di desiderio mi travolse all'istante. Dimenticai completamente la sua domanda, finché non mi guardò con aria perplessa.

"Oh, non ti preoccupare. Non ha problemi a svegliarsi. In quindici minuti riesce a lavarsi e vestirsi."

"Allora direi che è perfetto, così arriviamo più o meno per le dieci. Poi possiamo passare la mattinata al festival, magari pranzare vicino al porto e poi partire per le quattro. Così almeno non torniamo a casa troppo tardi."

"C'è un porto?"

Jesse sfoderò un sorriso. "Ma certo. Il porto Otter Cove. Diamond Creek è sulla baia di Kachemak Bay, quindi c'è sempre un gran bel via vai di barche. Immagino che le attività di bird watching si tengano vicino alla spiaggia. È un posto splendido."

"Ah, mia madre sarà proprio al settimo cielo." Feci una pausa per bere del vino. "Grazie."

"Per cosa?"

"Per esserti offerto di accompagnarci. Ne sarà proprio tanto felice. Volendo potevo anche portarcela da sola, ma sarà bello avere compagnia. E poi almeno tu conosci la zona."

Resse il mio sguardo per un lungo istante. Non sapevo proprio come decifrare quel bagliore che brillava nelle profondità dei suoi occhi. Aprì la bocca per poi richiuderla, scuotendo la testa. "Non c'è di che," concluse.

"Ah, un'altra cosa," aggiunsi.

Portò indietro la testa per bere un lungo sorso di birra. Ritrovò il mio sguardo e domandò, "Che c'è?"

"All'inizio pensavo fossi uno stronzo, ma mi sbagliavo."

Mi sentivo in dovere di dirglielo, ma non solo perché mi ero presa una bella cotta per lui. L'avevo inquadrato male, completamente.

Il mio commento sembrò spiazzarlo, ma poi un

sorriso divertito gli aprì il volto. "Beh, tu mica mi hai reso la vita facile."

Le sue parole e il luccichio che aveva negli occhi mi fecero arrossire.

"Ehi, ma che dici!"

Il mio stomaco prese a fare le capriole quando Jesse rise. "Dai, me l'hai servita su un piatto d'argento."

Sentii il volto in fiamme, ma quand'ero con lui era normale. Il mio corpo reagiva sempre in modi assurdi. Mi sentivo sempre un fuoco.

"Hai ragione," dichiarai, senza riuscire a trattenere una risata.

"Già. E poi mi hai scaricato all'altro dottore," aggiunse.

A quelle parole, alzai gli occhi al cielo. "Ehi, mi sembra di averti già spiegato perché l'ho fatto. A proposito, come va la spalla?"

"Alla grande. Se ti interessa, finalmente posso tornare a lavorare."

"Ottimo, ero proprio curiosa. Sapevo dovessi venire in clinica, ma ero troppo distratta."

"Da me?" domandò, speranzoso.

Scoppiai a ridere. "L'hai visto anche tu che stavo parlando al telefono con Em. Ah, comunque grazie di nuovo per avermi messa in contatto con la mamma di Kayla. Em ha avuto un po' di problemi a farsi dei nuovi amici. È una ragazzina molto timida."

Jesse annuì. "Nessun problema. Vedrai che presto conoscerai tutti anche tu. Willow Brook è un posticino molto piccolo."

"Da quant'è che vivi qui?"

"I miei si sono trasferiti da Fairbanks dopo il mio diploma. Io invece sono andato all'università e poi ho seguito la formazione da hotshot. Sono tornato qui neanche sette anni fa."

"Fairbanks?"

"Già, sono cresciuto lì. Senti questa, i miei genitori si erano stancati degli inverni troppo lunghi e hanno deciso di trasferirsi," disse con una risata.

"Beh, dai, Fairbanks è a otto ore a nord da qui. Quindi è normale che in questa zona ci sia relativamente più caldo. Sarebbe come trasferirsi da Boston... alla Virginia, per esempio. Gli inverni in Virginia sono decisamente più miti," replicai.

Jesse mi guardò con l'ombra di un sorriso sulle labbra. Avrei tanto voluto sapere cos'è che gli passava per la mente.

Ma non ci volle molto per scoprirlo. Lasciò la birra sul tavolo e si alzò. Fermandosi tra le mie ginocchia, mi attirò a sé. I nostri corpi si scontrarono deliziosamente, petto contro petto. Sentivo che i capezzoli stavano già cominciando a indurirsi, eccitati dalla vicinanza. Quando stavo con Jesse, era come se il mio corpo avesse una mente propria.

"Che c'è?" gli chiesi.

"Sei così intelligente... Non sai quanto ti ammiro," mormorò, passandomi le dita tra i capelli.

"Ho solo fatto un'osservazione sulle distanze," replicai.

"Oh, lo so. È che poi ho pensato che sei tra quelle persone che ama informarsi su tutto. Scommetto che a scuola eri una studentessa modello, vero?"

Con le sue dita tra i capelli e il pollice che mi carezzava delicatamente il collo, non riuscivo a ragionare. Mi venne la pelle d'oca e un calore languido mi pervase il basso ventre.

Che fosse razionale o meno, a me non importava. Volevo Jesse e lo volevo da morire. Una piccola parte di me aveva paura di imbarcarsi in quell'avventura, anche solo di pensarci.

Provai a convincere me stessa che si trattava soltanto di puro desiderio. Non avevo mai provato nulla del genere per nessun uomo prima di Jesse. Ma c'era anche da considerare che avevo passato gli ultimi anni a vivere come una suora. Durante l'università ero stata troppo impegnata con gli studi per pensare alla mia vita sociale. Poi avevano diagnosticato un cancro a mia sorella, notizia che mi aveva distrutta. Nel frattempo, mio padre era morto per un ictus. Durante l'ultimo anno di internato, la mia vita si era sgretolata lentamente tra le mie mani. Per tirare avanti avevo dedicato anima e corpo al tirocinio. Dopo le loro tragiche morti, il sesso era stata proprio l'ultima cosa a cui pensare.

Mi resi conto di non ricordare l'ultima domanda di Jesse, troppo persa tra i miei pensieri. Lo guardai, mordendomi il labbro. "Ho dimenticato quello che mi hai chiesto."

Mi studiò il volto e accennò un sorrisetto. Maledizione, i suoi sorrisi erano pericolosi. "Ti ho chiesto se a scuola eri una studentessa modello," mormorò, facendo scivolare la mano dietro la nuca.

Sentivo l'erezione che premeva contro l'apice delle cosce. A parole mi aveva fatto una domanda banalissima sui miei voti, ma i nostri corpi stavano discutendo di tutt'altro.

"Sì, ci hai preso in pieno," gli dissi in un sussulto quando mi afferrò la natica per spingermi contro di sé.

"Forse è meglio che vada," dichiarò.

"Perché?"

La domanda mi sfuggì dalle labbra e per un attimo mi chiesi se non avessi frainteso tutto. Chissà cosa lesse nella mia espressione, ma scosse subito la testa.

"Non farti pipponi mentali. Il problema è che sono cooooosì vicino" — sollevò la mano, lasciando il pollice e l'indice a un soffio l'uno dall'altro — "dallo strapparti i vestiti di dosso e metterti a novanta qui sul bancone. Ma di sopra c'è tua madre, quindi lo trovo inappropriato."

Oh, quanto avrei voluto oppormi alla sua galanteria. La sua confessione aveva riacceso quel fuoco di desiderio e passione e avrei tanto voluto trascinarlo nel mio letto. Ma sapevo benissimo anche io che mia madre avrebbe potuto svegliarsi da un momento all'altro. Non avevo certo bisogno del suo permesso per fare sesso con un uomo, ma avrei preferito non ci trovasse nudi in qualche parte della casa.

"Oh," dissi, mentre faceva risalire la mano lungo la schiena. Afferrò di nuovo i capelli e portò la bocca sulla mia. Un attimo dopo le nostre lingue cominciarono a duellare e mi baciava come se non gli bastassi mai, mentre io lo baciavo come se fosse l'aria di cui avevo bisogno per respirare.

E in quel momento lo era davvero.

Si fermò fin troppo presto, lasciandomi come un vuoto dentro. Però non si allontanò, non ancora. I suoi occhi cercarono i miei.

Quello che disse dopo mi lasciò letteralmente di stucco.

"Mi piaci, Charlie. Per me non è solo sesso." Rimasi a bocca aperta e mi sorrise. "Non sono uno stronzo. Spero di essere riuscito a dimostrartelo."

"Oh, no, lo so benissimo. È solo che non mi aspettavo una confessione del genere," replicai. Un vortice di pensieri mi turbinò nella mente, un misto di desiderio, passione e incertezza. Con lui mi sentivo sempre al settimo cielo, eppure, la mia non era una vita normale. "Ma ho una vita troppo complicata, no?"

"Non potrebbe fregarmene di meno."

Quando si allontanò, dovetti trattenermi dal seguirlo. "Allora passo domani alle sei. Porto il caffè?" mi chiese, con un sorriso.

"Ma no, fermiamoci insieme al Firehouse."

"Perfetto." E così, si voltò facendomi l'occhiolino e si chiuse la porta alle spalle.

Capitolo Undici

CHARLIE

Il mattino seguente, io e mia mamma finimmo di prepararci giusto qualche minuto prima delle sei. Dopo aver saputo dove l'avrei portata era fuori di sé dalla gioia. Gliene avevo già parlato la sera prima, ma se l'era scordato. Aveva giornate sì e giornate proprio no. Per il momento, sembrava in forma smagliante. Aveva lo sguardo limpido e la mente vispa.

Quando Jesse bussò alla porta, si fiondò ad aprire e lo accolse con un sorriso enorme. "Buongiorno, Jesse. Sei pronto?"

Lui ricambiò il sorriso. "Ma certo che sì. Sono arrivato in perfetto orario." Controllò l'orologio e poi incrociò il mio sguardo. "Anzi. Sono arrivato con ben tre minuti d'anticipo."

Mia madre si fece una calorosa risata e si voltò a prendere la giacca dall'attaccapanni.

Jesse si rivolse poi a me. "Sei pronta?"

"Certo. Però non so se portare qualcosa per pranzo."

Al che scosse la testa. "Non ce n'è bisogno. Ci sono

tanti bei posticini dove mangiare un boccone. In macchina ho comunque dell'acqua."

Infilai un po' di snack per mia mamma in borsa e poi partimmo. Dopo qualche minuto parcheggiammo davanti al Firehouse. Mi ero innamorata subito di quel localino. Prima di tutto, servivano caffè e dolci buonissimi. Ma a renderlo un posto davvero speciale era Janet James, la proprietaria. Era una donna calorosa e cordiale. Era soprattutto grazie a lei se sentivo che un giorno ci saremmo potute sentire a casa in quella peculiare comunità di Willow Brook.

Mia madre ci seguì dentro. Amava fermarsi lì a prendere il tè. C'era già la coda alla cassa, ma era normale. Passavo spesso a quell'ora prima di una lunga giornata tra pratiche e scartoffie in ufficio.

Io e Jesse salutammo alcune persone e ci mettemmo in fila. Poco dopo, ci si avvicinò un altro pompiere che avevo conosciuto di sfuggita quando si era infortunato la mano. Beck Steele era un furbacchione, un bellissimo uomo che aveva sempre la battuta pronta.

"Ehilà, Jesse," disse con un cenno del capo.

Quando incrociò il mio sguardo, mi fece come in automatico l'occhiolino. Sicuramente era un gesto che riservava a tutti, uomini e donne. Per l'appunto, ne rivolse uno anche a mia madre. Ma nonostante tutto, aveva occhi soltanto per sua moglie, che amava profondamente. Avevo conosciuto Maisie proprio quando lui si era infortunato. Era stato uno degli incontri più bizzarri e buffi della mia vita. Lei lo comandava a bacchetta e lui apprezzava di sicuro da morire.

"Buongiorno, Charlie."

"Buongiorno a te," replicai.

Mia madre lo guardò con un dolce sorriso, che

Beck ricambiò. "Non credo di avere avuto il piacere di conoscerla, signora. Beck Steele, piacere," disse, porgendole la mano.

Mia madre gliela strinse e poi gli fece l'occhiolino. "Io sono Olive e tu sei proprio un cascamorto," affermò lei.

Beck sfoderò un sorrisetto, con un'alzata di spalle. "Mi sa che ha ragione, signora."

"Stiamo andando al Festival degli Uccelli," aggiunse mia mamma. "Ci accompagna Jesse."

Un lampo di curiosità attraversò gli occhi di Beck, che comunque non commentò. Si voltò da Jesse e gli fece l'occhiolino. "Avete trovato la giornata perfetta, allora. Fate buon viaggio e divertitevi." Fece per andarsene, ma poi si voltò di nuovo, sollevando il caffè. "È stato un vero piacere, Olive," aggiunse, strappandole un sorriso.

Nell'attesa, mi guardai intorno. Il bar occupava l'antica caserma del paese. Il vecchio garage era stato trasformato nella sala ristorante, con tavolini sparsi nel mezzo e sul lato la cucina e la pasticceria a vista. Fiori dai colori vivaci decoravano il palo dei pompieri. L'arredamento dava piacevoli note di colore all'ambiente, con davanzali rosa e il pavimento in cemento tinto d'azzurro. Oltre ai tavolini in legno c'erano anche dei posti lungo il bancone. Era uno spazio accogliente, vivace e allegro, ideale per le lunghe giornate invernali.

Quando arrivammo alla cassa, trovammo Janet in attesa. I capelli, scuri e con qualche sfumatura argentata, erano raccolti in una treccia. Non appena ci vide, un sorriso le arricciò gli angoli degli occhi. "Ma buongiorno, signore."

Quando Jesse si mise al mio fianco, notai il modo in cui le brillavano gli occhi. Sapevo benissimo che la prossima volta mi avrebbe fatto il terzo grado, ma lì davanti a mia madre doveva trattenersi.

"Pago io," dichiarò Jesse, guardando mia madre. "Cosa prendi, Olive?"

"Del tè, grazie," rispose, rivolgendogli un sorriso caloroso.

Janet poi guardò me. "Io prendo il caffè della casa, basta che sia bello forte."

"Che ne dici se per sicurezza aggiungo uno shot extra di espresso, eh?" chiese Janet. "Tu invece, Jesse?"

"Anche io il caffè, ma con due shot."

Janet ci sorrise e si voltò per preparare l'ordine. Un attimo dopo, Jesse incrociò il mio sguardo. "Vuoi qualcosa da mangiare?" chiese, a voce bassa.

"Magari dei rotolini, che ne dici? Così siamo a posto fino all'ora di pranzo."

Jesse chiamò di nuovo Janet. "Senti, non è che potresti riscaldarci quattro di quei rotolini, per favore?"

"Certamente," rispose, poggiando il tè per mia madre sul bancone.

Quando ci portò anche i nostri caffè, Jesse pagò il conto dopo avermi praticamente fulminata con lo sguardo per aver provato ad anticiparlo. Ci spostammo quindi dal bancone per aspettare il cibo. Uno dei ragazzini che lavorava al locale prese il posto di Janet alla cassa, mentre lei si avvicinava a chiacchierare con noi. Nel frattempo, mia madre si avvicinò alle finestre.

"Beh, come sta?" domandò Janet.

Janet era un vero angelo e si preoccupava sempre per mia mamma. Bevvi un sorso di caffè, con un'alzata di spalle. "Potrebbe andare peggio, dai. Perlomeno in queste ultime due settimane non è uscita di casa da sola."

"Beh, stavo pensando a lei proprio l'altro giorno.

La mia amica Norma aiuta alla casa di riposo del paese. Mi ha detto che tua madre potrebbe passare le giornate da loro anche senza alloggiare lì," suggerì con delicatezza.

Percepii lo sguardo di Jesse su di me, ma non disse nulla.

"Non saprei..." cominciai a dire, fermandomi quando lo sguardo affettuoso di Janet si incupì.

"Tesoro, non puoi mica fare tutto da sola. Devi anche badare a una ragazzina di quindici anni. Non è mica poca cosa. In questo modo non passeresti le giornate ad angosciarti, sai. Potrebbe cambiarti la vita, ma è solo la mia opinione."

Per quanto fosse in buona fede e apprezzassi il suo supporto, facevo ancora fatica a mettermi il cuore in pace. Era come se non volessi accettare il fatto che a quel punto non avevo più molta altra scelta. Bevvi un altro sorso del mio delizioso caffè amaro. "Magari la prossima settimana posso pensare di portarla per vedere come va. Non sto facendo la cocciuta, sai. Purtroppo ogni volta che le propongo di farsi aiutare si arrabbia."

"Che ne dici se passi a prendermi, così ti accompagno?" offrì dunque Janet.

Sapevo che la sua presenza sarebbe stata di grande aiuto, ma non bastava comunque a convincermi a pieno. Ero ben consapevole del fatto che non potessi andare avanti in quel modo e che dovessi trovare una soluzione, ma non riuscivo ad accettare il lento deterioramento di mia madre. Quando si parlava di lei, le mie emozioni vincevano sempre sulla razionalità.

"D'accordo, allora fammi sapere quando puoi, così ci organizziamo," risposi, quasi forzandomi.

Mia madre tornò da noi. "Siamo pronti?" domandò.

"Prontissimi," rispose Jesse mentre Janet gli passava la busta con il cibo. "Stiamo andando a Diamond Creek per il Festival degli Uccelli."

Janet sorrise. "Ah, è proprio la giornata perfetta. Poi raccontami tutto, mi raccomando," disse a mia madre prima di salutarci.

Capitolo Dodici

JESSE

Il panorama dalla Seward Highway e dalla Sterling Highway era splendido. Tra un sorso di caffè e l'altro, il viaggio proseguì tranquillo. Charlie mi aveva avvisato che ogni tanto a sua madre partiva la parlantina, ma sinceramente per me non ci sarebbero stati problemi.

Serpeggiando tra le curve della baia di Turnagain, ogni tanto a Olive sfuggiva qualche versetto meravigliato. Quello stretto tratto di autostrada era un vero spettacolo, con montagne su entrambi i lati e il sole che spuntava dietro le alte vette. I colori dell'alba tingevano ancora il cielo di un delicato rosa pastello.

Di tanto in tanto, mi facevano alcune domande sulle zone che passavamo. Quando infine raggiungemmo Diamond Creek, mi fermai a un belvedere sul bordo della strada. Scendemmo dall'auto per avvicinarci alla ringhiera. Davanti a noi si stagliava un panorama unico. La baia di Kachemak era tra le punte di diamante dell'Alaska. Circondata da montagne, con acque blu che brillavano sotto il sole. Diamond Creek era una tra le tante comunità situate lungo le rive della baia.

L'autostrada si tuffava dritta nella piccola cittadina. Da quel punto di osservazione si potevano ammirare il paesino e le montagne circostanti. Un'aquila volò sopra le nostre teste, lanciando un grido nell'aria.

Olive batté le mani e ci rivolse un sorriso raggiante. Le cime delle montagne erano ancora ammantate di neve, il bianco che contrastava con l'azzurro del cielo. Charlie si voltò a guardarmi. "Grazie per averci accompagnate qui. So che avrei..." La fermai scuotendo la testa.

"Mi sono offerto di accompagnarvi perché mi avrebbe fatto tanto piacere. Non potevo perdere l'occasione di passare del tempo con te."

Arrossì e sospirò, mordendosi il labbro. "Dove dobbiamo andare per vedere gli uccelli?"

Guarda caso, una delle più massicce migrazioni di trampolieri avveniva proprio sulle coste dell'Alaska. Milioni e milioni di trampolieri migravano dal Sud America per nidificare durante l'estate. In diverse comunità della Penisola di Kenai e di altre zone costiere si tenevano festival di bird watching per celebrare l'arrivo di quegli uccelli.

"Dobbiamo arrivare in spiaggia," risposi, ricambiando il sorriso che mi rivolse. Poi, con una risata, continuai. "Forza, andiamo a parcheggiare al porto. Poi da lì vediamo come muoverci."

Riuscimmo a passare una deliziosa mattinata. Olive rimase incantata dagli uccelli, che erano davvero ovunque. Le spiagge erano puntellate di piccoli trampolieri che si cibavano nelle zone dove l'acqua era più bassa. Stavamo seguendo una passerella che offriva splendidi punti panoramici dotati di binocoli per chi desiderasse osservare da più vicino gli uccelli.

A un certo punto presi Charlie per mano e rimasi piacevolmente sorpreso quando non mi rifiutò.

Olive era proprio una donna socievole e amichevole. Si fermava a chiacchierare con gli altri appassionati e, con l'aiuto di Charlie, scattava tantissime foto con il cellulare. Ci fermammo dunque a mangiare un boccone in un baretto sulla spiaggia. Dopo pranzo Olive aveva l'aria proprio stanca, ma voleva assolutamente continuare a passeggiare, per sentire ancora la sabbia sotto le suole delle scarpe.

Seguimmo dunque la spiaggia, fermandoci a osservare un gruppetto di lontre che galleggiava sulla superficie dell'acqua. Una foca curiosa nel frattempo ci seguiva, tornando a galla di tanto in tanto per sondare la zona. Tornammo indietro quando Charlie notò che si stava facendo tardi. Ma alla fine, risalendo la scalinata che portava al parcheggio, Olive inciampò e cadde.

"Oh!" esclamò, più sorpresa che dolorante.

Charlie, che era alle sue spalle, incrociò preoccupata il mio sguardo. "Ti sei fatta male?"

Mi avvicinai a Olive e mi chinai per controllare le sue condizioni. Non sembrava molto turbata dalla caduta, ma non si era comunque ancora mossa.

"Ah, sto bene," disse, agitando la mano. Provò quindi ad alzarsi, ma il dolore le distorse il viso. "Beh, o forse no."

Incrociando lo sguardo ansioso di Charlie, dissi, "Magari posso trasportarla io."

Charlie controllò subito prima di darmi l'ok. Nonostante fossi un soccorritore, Charlie restava comunque un medico, quindi non potevo che affidarmi a lei. Non trovando alcun problema in particolare, presi con molta cura Olive tra le braccia. Tutta magrolina, era leggera come una piuma.

Conoscendo la zona, sapevo dove fosse l'ospedale. Saliti in macchina, mi rivolsi a Charlie. "Allora, decidi tu. La accompagniamo noi all'ospedale o chiamiamo aiuto? Potrebbe volerci un po', ma vedi tu."

Charlie annuì con decisione. "Guida tu. Andiamo."

Capitolo Tredici
Charlie

Camminavo avanti e indietro per la sala d'attesa, ancora incredula. Non sembrava che a mia madre fosse successo qualcosa di grave, non sembrava neanche stesse soffrendo. L'avevo giusto vista a disagio quando l'avevano trasportata via.

Ero indecisa se riferirlo subito a Em o aspettare di avere più informazioni. Dentro di me sapevo che avrebbe avuto più senso attendere, ma l'ansia mi stava consumando, impedendomi di pensare lucidamente. Jesse nel frattempo era andato a comprare del caffè. Quella giornata splendida era finita in quel modo così triste.

Lo sentii arrivare alle mie spalle e mi voltai proprio quando mi poggiò una mano sulla spalla, per poi farla scivolare lungo la schiena. "Sta bene, lo sai. Calmati. Tra poco verranno a darci qualche notizia."

Mi porse dunque il caffè. Reggere la tazza calda tra le dita e sentire il suo tocco sulla pelle aiutò molto a placare la tensione che mi stava dilaniando.

"Non ci posso credere," mormorai, prima di bere un sorso. Non mi aspettavo fosse così buono.

Quando sbarrai gli occhi per la sorpresa, Jesse si strinse nelle spalle e mi portò alle sedie. "Già, è proprio buono."

"Oh, non avevo mai bevuto un caffè così buono in un ospedale."

Jesse rise. "Sono rimasto colpito pure io. Mi aspettavo di peggio." Mi passò un braccio sulle spalle, il peso rassicurante. "So che sei stressata per la caduta, ma l'hai visto anche tu che non è nulla di grave."

La dottoressa che era in me ne era ben consapevole, ma era praticamente impossibile restare oggettiva in un caso come quello. Quando mi voltai a guardarlo con un sospiro, mi accarezzò la spalla. "Dai, oggi si è divertita tantissimo. Si sarà giusto fatta qualcosa al bacino, ma niente di che."

"Lo so, lo so. Ma non posso proprio fare a meno di preoccuparmi, sai."

"Sì, lo so. Ma magari aspetta almeno di sapere cos'ha."

"Forse hai ragione," mormorai.

Calò dunque il silenzio e passammo il tempo a sorseggiare il caffè e osservare il via vai attorno a noi. Qualche minuto dopo, arrivò un'infermiera. "Siete qui per Olive Lane, giusto?" ci chiese. Aveva l'aria molto affettuosa, il fisico snello, brillanti occhi marroni e capelli castani raccolti in una treccia.

Mi alzai di scatto e annuii. "Sì, esatto. Come sta?"

"Sta bene, giusto una microfrattura al bacino. Immagino perché c'è caduta sopra."

Metabolizzai le sue parole, mentre un misto di angoscia e sollievo mi turbinava dentro. Non era nulla di preoccupante, un problema che poteva capitare a una persona della sua età, ma odiavo vederla soffrire.

Jesse annuì. "Proprio così."

"La dottoressa che dice?" le chiesi, sapendo già che avrebbe dovuto riposare, muovendosi il meno possibile.

"Essendo una microfrattura stabile, la dottoressa

consiglia riposo e fisioterapia. Preferirebbe inoltre trattenerla qui per la notte e assicurarsi che il dolore non le crei troppi fastidi. Olive mi ha spiegato che vivete a Willow Brook. Se volete possiamo occuparci noi degli appuntamenti con il vostro dottore e…"

Jesse la interruppe. "Beh, la dottoressa è lei," disse, facendole l'occhiolino.

L'infermiera sorrise. "Oh, benissimo. Allora così sarà ancora più facile. Vedremo comunque di chiamare alla clinica per assicurarci sia tutto in ordine."

"Ah, molto bene. La sta seguendo il dottor Johnson, quindi provvederà a tutto la nostra receptionist. C'è qualcosa che posso fare stasera per mia mamma?"

L'infermiera scosse la testa. "No, non credo. La dottoressa le ha dato degli antidolorifici in via precauzionale. Data l'ora, la signora sta già dormendo. Verrà monitorata durante la notte per accertarci che le condizioni restino stabili. Domani facciamo degli esami del sangue, prendiamo le misure per un bastone e la mandiamo a casa con il deambulatore."

Mi ritrovai ad annuire, sentendomi in parte sollevata. Grazie al cielo si trattava di una microfrattura, pure piuttosto comune a quell'età, però sapevo che il periodo di convalescenza si sarebbe rivelato complicato. Ma l'importante era che stesse bene. Avevo provato a convincerla a usare un deambulatore per mesi, ma invano. Fui assalita da una fitta di rimorso. Probabilmente quella gita fuori porta era stata un errore. Ma rimuginarci sopra era inutile, ciò che era stato era stato.

Qualcuno chiamò l'infermiera al cercapersone. "Avete altre domande?"

"Non credo," risposi, evitando le questioni di logistica perché tanto non avrebbe saputo rispondermi.

"Volete entrare a vederla? Sta dormendo, quindi cercate di non disturbarla," aggiunse l'infermiera.

"Sì, molto volentieri," rispose Jesse al posto mio.

"Stanza 34, in fondo al corridoio sulla destra." Detto ciò, ci salutò e corse via.

Jesse trovò il mio sguardo. "Tutto bene?"

Annuii. "Sì, dai. Devo giusto organizzarmi meglio a casa, ma l'importante è che stia bene."

Prendendomi per mano, mi guidò alla stanza di mia madre. La trovammo addormentata profondamente, l'aria serena e rilassata. Vederla così bastò a sciogliere un altro poco della tensione che mi attanagliava lo stomaco. Ci accostammo al letto e poco dopo entrò un'infermiera a controllare i parametri. "Sua mamma è proprio simpatica, sa?" mi disse, con un sorriso.

"Oh, davvero?"

"Sì, sì. Non si preoccupi, se la caverà. Non faceva che parlare di quanto si è divertita oggi al Festival degli Uccelli. Con l'età è più facile inciampare e scivolare e sua mamma è stata proprio fortunata."

Sorrisi, travolta da un'ondata di sollievo. "C'è qualcos'altro che devo fare, questa sera?"

"Prima di uscire passate all'accoglienza, così vi danno l'orario per domani mattina."

Stampai un bacio sulla fronte di mia madre e così uscimmo dalla stanza. Jesse si fermò un secondo a gettare la tazza vuota nella pattumiera e poi mi prese per mano. La sua presa la amavo da impazzire, era calda e forte. Per fortuna non ero sola, altrimenti non ce l'avrei fatta a gestire una situazione simile. Arrivati al pick-up, mi voltai a guardarlo. "Ora è meglio se chiamo Em, non vorrei cominciasse a preoccuparsi."

"E di cosa dovrebbe preoccuparsi? Mica lo sa cos'è successo," replicò lui con un sorriso.

Alzai gli occhi al cielo. "Ah, hai ragione. Sto proiettando le mie ansie su di lei. Ma stasera non torniamo a casa, quindi vorrei almeno avvisarla. Ah, meno male passa il weekend dalla sua amica, guarda."

Presi il telefono dalla borsetta, quando Jesse parlò di nuovo. "Ehi, una domanda."

"Che c'è?"

"Ci conviene cercare un hotel, quindi che ne dici se torniamo al porto? Quella zona è ben fornita."

"Certo, come preferisci."

Cercai di non pensare alle implicazioni della sua proposta, ma una vocina nella mia testa si chiese se avremmo dormito nella stessa stanza. Scossi con vigore la testa, cercando di riportare la mente alla realtà. Non era certo il momento per fantasticare.

Uscì dal parcheggio e telefonai a Em, chiedendomi se avrebbe davvero risposto. Restai sorpresa quando lo fece al terzo squillo. "Ehi, zia Charlie, tutto bene? Volevi sapere come va?"

"Ti piacerebbe," risposi, sorridendo al suo tono allegro. "In realtà volevo giusto dirti che torniamo a casa domani. La nonna è scivolata e si è fratturata il bacino, ma non è nulla di grave."

"Oh no! Sta bene?"

"Sì, non preoccuparti. Passa giusto la notte in ospedale così possono monitorarla. Ti dirò, all'inizio ero tanto preoccupata, ma l'ho vista molto tranquilla. Ci siamo resi conto che c'era qualcosa che non andava solo perché non è riuscita ad alzarsi da sola."

"Oh," disse piano, per poi fare una pausa. "Cosa faccio?"

"Nulla, rilassati e goditi il weekend. Noi torniamo domani."

"E tu e Jesse che fate?"

"Passiamo la notte in hotel." Per un attimo mi

preoccupai che potesse cominciare a farmi domande scomode.

Per fortuna, ignorò la questione. "D'accordo, allora salutami la nonna. Ci vediamo domani, ok?"

Dopo aver chiuso la chiamata, mi voltai verso Jesse. "Wow, è andata meglio di quanto pensassi. Per lei è stato un anno complicato e so quanto tiene a mia madre, quindi non volevo si preoccupasse troppo."

Si fermò a un incrocio. "Ah, sì?"

Per un attimo esitai, ma poi decisi di spiegargli meglio la situazione.

"Sua mamma, ovvero mia sorella, è morta di cancro. È stata dura per tutti, ma ovviamente Em è quella che l'ha presa peggio. L'ha vista soffrire fino all'ultimo, immagina quanto può essere stato terribile. Sei mesi prima abbiamo perso anche mio padre, quindi..."

Mandai giù il groppo che mi serrava la gola. Non parlavo spesso della mia vita perché, beh, ero sempre troppo occupata a raccogliere i pezzettini del mio cuore infranto, mentre cercavo comunque di andare avanti.

Lo sguardo compassionevole di Jesse incrociò il mio. "Ora capisco perché sembri avere un macigno sulle spalle. Ti stai prendendo cura di così tante persone da sola. Non dev'essere affatto facile."

Ressi il suo sguardo. Il fatto che mi avesse capita così bene bastò ad alleggerire anche un poco quel mio fardello. "In effetti non lo è, ma sono comunque contenta così."

Jesse annuì lentamente. Il semaforo divenne verde e riportò lo sguardo sulla strada. "Allora, facciamo così. Prendiamo una camera al Midnight Sun Lodges e poi usciamo a cena. Non ti permetto di chiuderti a riccio.

Tua mamma è in ottime mani e l'hai visto anche tu che sta bene. Quindi stasera hai un lasciapassare."

"Un lasciapassare?"

"Beh, hai presente quando a scuola succedeva qualcosa e potevi tornare a casa? Ecco. So che tieni molto a tua mamma, ma una pausa ti farà bene. È in un posto sicuro, quindi cerca di rilassarti."

Sinceramente non sapevo come rispondergli, ma le sue parole mi toccarono il cuore e sentii di nuovo il bisogno di piangere. Feci un respiro profondo ed espirai lentamente. Non mi sentivo ancora pronta a crollare davanti a Jesse.

"D'accordo?" mi chiese.

"D'accordo," risposi, riuscendo a riprendere in mano le redini delle mie emozioni.

Poco dopo arrivammo al Midnight Sun Lodges e Jesse pagò una stanza, senza neanche chiedermi se preferissi dormire in due camere separate. Beh, non volevo, quindi aveva risparmiato fiato e tempo. Proprio mentre rimuginavo su cosa mettermi il giorno dopo, Jesse si infilò in tasca la chiave e mi guardò. "Ok, abbiamo bisogno di un cambio di vestiti. Andiamo a fare shopping."

Arrivammo nel centro di Diamond Creek. È da notare che il concetto di "centro cittadino" in Alaska era un po' particolare. Diamond Creek era un paesino piccolo quanto Willow Brook, ma con più negozi per turisti sulla via principale. Trovammo praticamente subito un negozio di abbigliamento, dove comprai una maglietta per la notte e una felpa con leggings per il giorno dopo, sapendo che tanto mi avrebbero fatto comodo comunque. Jesse invece comprò praticamente quello che aveva addosso, dei jeans e una maglietta nera.

Tornati in macchina, si girò a guardarmi. "Allora, che ti va di mangiare?"

Mi sentivo stranamente euforica. Avevo spinto l'ansia per mia mamma in un angolino della mente per non pensarci. Non c'era comunque nulla che potessi fare per lei. Stava riposando serena e l'infermiera all'accoglienza mi aveva assicurato che mi avrebbero contattata per qualunque problema.

Incrociai il suo sguardo e sorrisi. "Mi va bene tutto."

"Ah, così non aiuti," replicò con un ghigno. "Allora, conosco il Boathouse, un locale molto carino di pesce, oppure il Birrificio Diamond Creek."

"Che sarebbe?"

"Un birrificio con tanto di ristorante annesso. Il menù è piuttosto informale, ma hanno un po' di tutto."

"Allora andiamo lì," risposi.

"Perfetto. È a due passi dall'albergo, quindi lascio la macchina lì."

Dopo una capatina all'hotel per lasciare gli acquisti e il pick-up, ci avviammo mano nella mano verso il Birrificio Diamond Creek. Varcammo la soglia e mi guardai intorno. Si trattava di un vecchio hangar per aerei convertito in un ristorante dall'aspetto moderno. Nello spazio in cui un tempo ci sarebbero stati due piccoli aerei avevano costruito ristorante e birrificio. Quest'ultimo si trovava sul fondo, con macchinari in acciaio inox che spuntavano da dietro un muro in mattoni di un metro circa, mentre due grandi serbatoi in rame ornamentali fiancheggiavano l'ingresso.

Modellini di aerei pendevano dal soffitto, i classici velivoli che solcavano i cieli dell'Alaska. Grandi finestre facevano da cornice a panorami mozzafiato, con le montagne e la baia che facevano da sfondo a terreni paludosi. Sui lati c'erano tavoli con panche, mentre altri tavolini erano disseminati al centro della sala. In fondo si trovavano la cucina e il bancone, al momento preso d'assalto dai clienti. Tappezzerie ai muri e tappeti colorati rendevano l'ambiente più accogliente.

Trovammo presto un tavolino libero. Io scelsi uno dei loro vini, mentre Jesse passò diversi minuti a esaminare la lista di birre, per poi sceglierne una invernale. Quando il cameriere ci lasciò, Jesse si poggiò alla panca e inclinò leggermente la testa di lato. "Dovresti scioglierti i capelli." Mi disse. Il sorrisetto che mi rivolse dopo mi accese dentro un fuoco di desiderio.

Quella mattina mi ero fatta una coda di cavallo, per non dovermi preoccupare del vento. E per fortuna, dato che la brezza dell'oceano me li avrebbe scompigliati tutti e odiavo dover stare dietro ai miei capelli. Lo guardai, le guance in fiamme. "Dici che dovrei?"

"Ok, forse *dovresti* non è il termine giusto. Diciamo che mi piaci tanto con i capelli sciolti."

Rimasi ferma a guardarlo. Sinceramente, non badavo mai troppo ai capelli. Non ne avevo proprio il tempo materiale. Giusto Em era riuscita a convincermi a dare un tocco un po' più particolare al mio aspetto fisico con quella ciocca viola. E lì mi ero pure divertita, vedendola così allegra. Ogni volta che i capelli cominciavano a scolorirsi, si offriva di tingerli di nuovo.

Portai un braccio dietro la testa e sfilai l'elastico, lasciando che i capelli mi cadessero sulle spalle. Un sorrisetto devastante apparve sulla bocca di Jesse e un brivido mi pervase tutta, alimentando le fiamme del desiderio.

Non disse nulla, ma il suo sguardo ardente parlava più di mille parole. Il cameriere arrivò in quel momento con il mio vino di uva spina e la birra di Jesse. Mi portai il bicchiere alle labbra e lanciai un'occhiata sorpresa a Jesse. "Oh, wow. È buonissimo! L'ho preso giusto per curiosità, ma ha superato ogni mia aspettativa."

Si fece una risata. "Beh, qui sono davvero bravi. Sono degli esperti nel settore, non lo fanno mica per hobby."

"C'è proprio tanta gente," osservai, guardando i tavoli occupati e la fila che si stava formando all'ingresso.

"Ah, io l'ho sempre visto pieno. In fondo il paese è una meta turistica. C'è pure un rifugio sciistico, quindi sono belli indaffarati tutto l'anno. Però l'estate c'è una marea di gente, proprio come da noi. Fossimo venuti tra due mesi avremmo dovuto aspettare come minimo mezz'ora per trovare posto. Hai già passato un'estate in Alaska?"

"Ci siamo trasferite proprio poco prima che cominciasse l'autunno, quindi diciamo di no. Però ho sentito che si riempie di turisti."

"Oh, eccome. È una meta che molte persone vogliono visitare almeno una volta nella vita. Tu sei un caso a parte, dato che sei nata qui. Sei una vera alaskana," commentò, facendomi l'occhiolino.

Scoppiai a ridere. "Ma non direi, sai. Ricordo a malapena quegli anni."

Jesse si strinse nelle spalle. "Ah, non sai quanti trapiantati ci sono, qui in Alaska. Essere nati qui è piuttosto speciale."

Mi poggiai allo schienale e sorseggiai il mio vino. "Tu invece sei nato qui? So soltanto che sei cresciuto a Fairbanks e che dopo il diploma vi siete trasferiti a Willow Brook. Oh, e com'è che hai deciso di fare il pompiere?"

Cominciò a tamburellare le dita sul tavolo. "Sono nato a Fairbanks. Come tuo padre, anche il mio era militare. Se ho scelto questo lavoro è perché mi piace l'aria aperta. È per questo che mi sono laureato in geologia, ma poi mi sono reso conto troppo tardi di quanto fosse un lavoro più teorico che pratico. Dato che non faceva per me, ho deciso di prendere un'altra strada e durante l'estate ho seguito un corso di formazione come hotshot. Diciamo che è stato amore a prima vista. Purtroppo so che non potrò farlo per sempre, dato che richiede un enorme sforzo fisico, ma a quello ci penserò in futuro. Amo immergermi nella natura più selvaggia e spingere il mio corpo oltre i suoi limiti. E poi mi piace salvare gli altri."

"Giusto, quindi sei in una delle squadre di hotshot, vero?"

Da quando lavoravo alla clinica di Willow Brook avevo già avuto il piacere di conoscere alcuni dei pompieri locali. La caserma del paese contava due squadre di hotshot e una locale. Trovandosi in una posizione centrale, Willow Brook faceva da scalo per i viaggi in tutta l'Alaska.

Jesse annuì. "Esatto. Sono il leader di una delle due squadre. Di solito passiamo tutto l'inverno in città, ma durante l'estate ci spostiamo sul territorio per le emergenze. Sai, finalmente la spalla è tornata come nuova. Mi sarò lamentato come un bambino, ma quelle due settimane in più che mi hai dato sono servite tanto," confessò.

Al che gli sorrisi. "Meno male, dai. Non l'ho fatto certo per darti fastidio, sai. Ma ormai non sei più un mio paziente, quindi magari con il dottor Johnson sarai più fortunato."

"Ma non direi, sai. Anche lui è un osso duro," replicò con una risata. "Vabbè, dai. Ora tocca a te. So soltanto che sei nata ad Anchorage e che tuo padre era di stanza alla Elmendorf. Quanto tempo hai vissuto qui, prima che i tuoi si trasferissero?"

"Avevo cinque anni, quindi ricordo molto poco."

"E poi?" mi esortò a continuare.

"E poi, fino alle superiori, ci siamo spostati di continuo con mio padre. Facendo parte dell'aeronautica abbiamo vissuto nella Carolina del Nord, in Texas e una volta perfino in Germania. È andato in pensione mentre vivevamo nel Massachusetts, poco fuori Boston. Dopo il diploma ho frequentato l'università e iniziato a studiare medicina. Nel frattempo, a mia sorella è stato diagnosticato un cancro al pancreas. I miei ultimi due anni di studi sono stati un vero inferno. Aveva dieci anni in più di me, sai. Passava il tempo in ospedale, tra un ciclo di terapia e l'altro. Immagina come dev'essere stato per Em. Un padre praticamente non ce l'aveva. E poi, mio papà ha avuto un ictus ed è morto per alcune complicazioni. Sarà terribile e strano da dire, ma per il bene di mia mamma sarebbe stato meglio fosse morto subito. Invece così si è aggrappata al minimo briciolo di speranza. Lui però non si è mai ripreso e lei si è ritrovata a dover fare scelte terribili. Dopo sei mesi dalla sua morte, ci ha lasciate anche Karen, mia sorella. Mia mamma cominciava ad avere problemi di memoria, ma adesso è peggiorata molto. Abbiamo deciso di trasferirci e volevo riportarla in quel posto che le era sempre mancato così tanto. Poi speravo davvero che ricominciare da zero ci avrebbe aiutate. Alla fine siamo arrivate qui e hai visto com'è conciata. E poi..."

Senza più sapere che dire, feci una pausa. Lo sguardo di Jesse si incupì, ma non mi interruppe.

"E quindi eccoci qui. Ho adottato mia nipote e sto cercando di essere una madre perlomeno decente, ma sinceramente mi sono trovata piuttosto impreparata.

Mi dispiace tantissimo che Em abbia perso la madre e non abbia mai davvero avuto un padre. Ho paura che vedere sua nonna spegnersi possa essere troppo per lei."

Gli raccontai tutto di fila, le parole prive di alcuna emozione. Ovviamente il mio cuore soffriva ancora, ma con gli anni ero riuscita a farmi forza. Jesse rimase in silenzio e quindi continuai il mio sfogo. "È stata mia sorella a chiedermi di adottare Emily, prima di morire. Aveva paura che se avessi richiesto semplicemente la custodia ci sarebbero stati troppi rischi. Diciamo che il padre di Em non è proprio una brava persona. Ha continuato a frequentarlo soltanto perché è rimasta incinta. Temevo si sarebbe opposto all'adozione, ma non si è manco preso la briga di presentarsi in tribunale. E così ho deciso di portare Emily e mia madre in Alaska per aprire un nuovo capitolo delle nostre vite. Però non pensavo che le condizioni di mamma sarebbero peggiorate così in fretta."

Jesse continuò a osservarmi in silenzio. Bevvi dunque un sorso di vino per calmarmi. Era una situazione buffa, sembrava quasi un appuntamento vero. Eppure, per me era praticamente impossibile parlare della mia vita senza includere i miei centomila problemi. Per fortuna non ero tipa da social, altrimenti avrei sicuramente riempito la mia pagina di post deprimenti e strappalacrime.

Jesse fece per dire qualcosa, ma proprio in quel momento il cameriere tornò con i nostri piatti. Io avevo preso dei tacos di halibut, mentre lui qualcosa col granchio. Fui grata di quell'interruzione. Non era mia intenzione buttargli addosso tutti i drammi della mia vita a quel modo. Non sapevo più come parlare con un uomo, ormai ci avevo perso completamente la mano. Ma in fondo, certe cose non potevano più restare non dette.

Quando cominciammo a mangiare, Jesse riportò lo sguardo su di me. "So che sei preoccupata per tua mamma, ma secondo me hai fatto bene a portarla a Willow Brook. Sarà anche un paesino molto più piccolo di Boston, ma quando troverai qualcuno che ti aiuti mentre sei al lavoro potrai respirare serena. Penso che portarla nel posto che le mancava così tanto sia stato il regalo più bello che potessi farle."

Nonostante il suo tono leggero, ciò che disse mi toccò il cuore. Mi ero chiesta fin troppe volte se quell'ultimo anno avessi preso le decisioni giuste. L'unica di cui non mi sarei mai pentita era aver adottato Em. Ma in quel caso non avevo neanche dovuto rifletterci sopra. Non avrei mai potuto dire di no a mia sorella. La mia nipotina la amavo già da impazzire. Per quanto a volte mi sentissi ancora spaesata, non sarei mai e poi mai tornata indietro. Eppure, non era stato facile prendere in mano le redini, con il cuore così colmo di sofferenza e dolore.

Assaggiai i miei tacos e rimasi piacevolmente colpita. Poi bevvi altro vino, temporeggiando per ricompormi. Non mostravo mai il mio lato più emotivo, ma Jesse riusciva a tirarlo sempre fuori. Dopo un bel respiro profondo, decisi di spezzare un poco la tensione che si stava creando dopo il mio discorso.

"Quindi non posso chiederlo a Waffle di farle la guardia?"

Jesse sfoderò un sorrisetto e la sua risata mi fece venire la pelle d'oca. "Può aiutarci giusto nelle emergenze, meglio non contare troppo su di lei. Immagino che tu lo sappia già, ma non puoi lasciarti influenzare troppo dalle scenate di tua madre. Avete bisogno di aiuto entrambe, vedrai che se trovate la persona giusta non avrà problemi ad adattarsi."

Sospirai profondamente e sorseggiai il vino. "Sì, hai ragione," mormorai. "Me ne sto convincendo anche io."

Così continuammo a mangiare tranquillamente. Pensandoci bene, era dai tempi dell'università che non uscivo con un uomo. Certo, non potevo definirlo un vero appuntamento, però ero comunque al ristorante insieme a Jesse, che se ne stava seduto davanti a me col suo fascino mozzafiato e mi guardava con quegli occhi verdi che mi facevano battere forte il cuore.

Per miracolo, riuscii a non pensare a mia madre. Era al sicuro in ospedale e l'avemmo rivista giusto il mattino dopo. Era come se per una notte intera potessi rinchiudere tutte le mie ansie in una scatola e sigillare il coperchio. Finalmente.

JESSE

Charlie era seduta di fronte a me, il viso arrossato e rilassato, i capelli sciolti che le ricadevano sulle spalle. Non vedevo l'ora di riportarla all'hotel e spogliarla di tutto.

Però, da vero gentiluomo, riuscii a tenere a bada il desiderio sessuale per tutta la cena. Anche se dentro di me avrei voluto caricarmela su una spalla e portarla fuori, la presi per mano e ci incamminammo verso l'albergo.

L'aria fresca portava con sé l'odore del mare. Era una serata tranquilla, il silenzio spezzato dal rumore delle onde che si infrangevano sulla battigia e le grida di gabbiani. Arrivati nell'ascensore dell'albergo, mi voltai verso Charlie. I nostri sguardi si trovarono e in quel momento un fuoco ardente ci avvolse.

Senza neanche esitare, la attirai verso di me e si scontrò al mio petto. Appena mi portò una mano dietro la nuca le nostre bocche si trovarono in un bacio appassionato.

In quel momento, le fiamme esplosero alte e cocenti, alimentando il desiderio che fino a quel momento avevo cercato di contenere. Le lingue cominciarono a duellare e Charlie inarcò la schiena contro di me. Aveva la pelle fresca e profumava come l'aria salmastra che c'era fuori.

Il rumore delle porte dell'ascensore mi riportarono bruscamente alla realtà. Mi separai da quelle labbra deliziose e la guardai. Aveva gli occhi velati e le labbra gonfie per il bacio. Grazie al cielo non avevo perso ancora del tutto il controllo, altrimenti l'avrei fatta mia lì, in quell'ascensore.

La presi dunque per mano e cominciammo praticamente a correre verso la porta. Cercai freneticamente la chiave nelle tasche e dopo aver aperto mi voltai.

Mi chiusi la porta alle spalle e ci spinsi Charlie contro, per riprendere da dove ci eravamo lasciati. Si aggrappò a me e mi cinse la vita con le gambe quando la sollevai. Mi separai dalle sue labbra, in cerca della sua pelle morbida, ma per sbaglio batté la testa contro la porta.

Il rumore riuscì a riportarmi brevemente alla realtà. "Stai bene?"

Quando Charlie aprì gli occhi, in quel grigio argento ci lessi un desiderio ardente e selvaggio. "Mmhmm," mormorò.

Fece scivolare la mano lungo il torace e poggiò il palmo sull'erezione che pulsava sotto la patta. Con un grugnito, mormorai il suo nome. Poi la baciai di nuovo, ma si liberò dalle mie braccia e si inginocchiò di fronte a me. Guardandomi da dietro le folte ciglia scure, sbottonò abilmente i jeans e il membro sgusciò fuori, talmente duro da fare male. Charlie si sporse dunque in avanti e carezzò l'asta con la lingua, catturando una gocciolina di eccitazione dalla punta.

"Porca troia, Charlie," grugnii.

Fece una lieve risata, il cui suono non fece altro che

alimentare le fiamme del mio desiderio. Senza staccare gli occhi dai miei, avvolse le dita attorno alla base. Per tenermi ancorato alla realtà dovetti afferrarle i capelli, già fuori di me.

Dopo un'altra passata di lingua lo prese nell'accogliente bocca calda. Allentò la presa e cominciò a far scivolare la mano su tutta la lunghezza, su e giù, mentre lo succhiava. Un godimento immenso mi travolse, potente come un'onda anomala. Ma era ancora troppo presto, non potevo lasciarmi andare così. Feci dunque appello all'ultimo briciolo di autocontrollo e, appeso a un filo, riuscii a controllare giusto a malapena il bisogno disperato di abbandonarmi al piacere.

"Charlie," sussurrai, a denti stretti.

Si fermò e portò indietro la testa, leccandosi il labbro inferiore. Era sexy da morire con i capelli che le incorniciavano il viso, le guance arrossate e le labbra umide e gonfie.

In realtà non c'era nulla che volessi dirle. O meglio, che *riuscissi* a dire. La presi per mano e la sollevai, portandola a letto. Le sfilai la maglietta e un attimo dopo si sfilò i leggings, mentre anche io mi spogliavo. Poco dopo, finimmo entrambi sul letto.

Sentivo la sua pelle morbida e liscia contro la mia. Mi ero allungato sopra di lei, con una gamba tra le sue cosce. Petto contro petto, la stavo baciando come ne dipendesse la mia vita, come se senza di lei non riuscissi manco a respirare. Tutta la mia solita delicatezza e raffinatezza evaporavano nell'aria quando ero con Charlie. Con lei era tutto sempre così primordiale, selvaggio.

Dovevo gustarla. Dopo un ultimo bacio passionale mi staccai dalla sua bocca, tracciando una scia ardente che dalla curva del collo arrivava fino al seno. Le stuzzicai un capezzolo col pollice, soddisfatto dai suoi versi di godimento.

Continuando a esplorare ogni centimetro del suo corpo, sollevai lo sguardo per guardarla. Il panorama me lo fece venire ancora più duro. I capelli erano una massa selvaggia e spettinata sparsa sul cuscino. La pelle leggermente arrossata e sudata.

Chinai di nuovo la testa e seguii con le labbra la morbida curva del ventre, facendo scivolare le dita tra la carne soffice delle labbra. Era bagnata fradicia. Affondai un dito nel canale caldo e poi le diedi una carezza con la lingua, il suo sapore un misto tra il salato e il dolce. Le afferrai un fianco e presi a stuzzicarla con le dita fino a farla impazzire.

Continuava a gridare e dimenarsi contro la mia bocca, avvicinandosi al limite molto prima di quanto mi sarei aspettato. Avrei voluto gustarmela di più, ma amavo vederla esplodere davanti ai miei occhi. La dottoressa rigida e professionale in realtà nascondeva un lato selvaggio che minava alla mia sanità mentale. Ma non era solo quello. Più la conoscevo come persona e più mi sentivo in dovere di aiutarla a rilassarsi e dimenticare tutto il resto.

Presi a succhiarle piano il bocciolo e lanciò un ultimo urlo, i muscoli stretti come una morsa attorno alle mie dita. Non potevo più aspettare, ormai mi mancava troppo poco. Sollevai la testa e mi tirai su, posizionandomi alla sua apertura. Sentivo il calore che mi chiamava, mentre Charlie mi cingeva la vita con le gambe.

All'ultimo secondo, mi resi conto che stavo per penetrarla senza preservativo.

"Merda," mormorai, rotolando subito via.

Lei mi seguì, cavalcandomi per frenarmi. "Ehi, ma dove vai?" sussurrò, la voce seducente e roca.

La guardai e mi fermai ad ammirarla. Strinsi i denti per trattenermi dal prenderla subito, la tentazione del suo caldo sesso sopra il mio fin troppo forte.

"Il preservativo," mormorai.

Spalancò gli occhi e rimase per qualche secondo a guardarmi. "Ho la spirale," confessò infine. "Non perché mi aspettassi una situazione simile, ma in fondo sono un medico. Sono una donna piuttosto previdente."

Le guance le si tinsero di un rosso intenso e un lampo di incertezza le attraversò gli occhi.

"Sei sicura?" le chiesi.

"Io sono a posto. In questi ultimi tre anni sono stata solo con te. E mi fido di te, so che se ci fosse qualcosa me l'avresti già detto."

"Certamente, ma la decisione spetta a te."

"In quel caso..." mormorò, e un sorrisetto malizioso le incurvò le labbra.

Si sollevò leggermente e afferrò la base dell'asta, per poi abbassarsi piano e accogliermi nel suo corpo caldo e bagnato, fino in fondo. Mi sentivo in paradiso.

"Ecco fatto," disse piano, dopo averlo preso tutto.

Mi fermai ad ammirarla, il cuore che martellava violento contro la cassa toracica. Era splendida, di una bellezza unica e sensuale che mi lasciò senza fiato.

In quel momento realizzai che tra di noi c'era molto di più del puro desiderio sessuale. Ogni momento passato insieme era di un'intensità travolgente, il legame fisico di un'intimità che non aveva nulla a che fare con una semplice relazione occasionale.

Poi Charlie cominciò a muoversi e le strinsi i fianchi, assecondando i suoi movimenti. Un piacere immenso prese il sopravvento e mi annebbiò la mente, quindi mi lasciai andare completamente a lei.

Capitolo Quattordici

CHARLIE

"Charlie..." Jesse mormorò il mio nome, la voce roca che mi cullò il cuore.

Aprii gli occhi e trovai i suoi, mentre portava una mano tra le mie cosce, cominciando a fare pressione sul clitoride. E così, con un'ultima spinta, un piacere immenso mi esplose dentro e lanciai un urlo, travolta dall'orgasmo. Mi lasciai cadere sopra di lui, i muscoli del sesso stretti come una morsa intorno al membro. Un attimo dopo, un grugnito gli sfuggì dalle labbra e si irrigidì, riversandosi dentro di me.

Con una dolce carezza sulla schiena mi strinse a sé. Restammo fermi immobili, i nostri respiri affannati l'unico suono nella stanza. Eravamo entrambi sudati, ma non ci importava. Poggiata al suo petto, potevo sentire che il suo cuore batteva frenetico quanto il mio.

Mi sollevai solo dopo qualche minuto, poggiando il mento sulla mano. Lui aprì gli occhi e un sorriso apparve lento sulle labbra. Un vortice di emozioni mi turbinò dentro e non potei fare a meno di ricambiare quel sorriso. Con lui era sempre bellissimo. Mi sentivo rilassata come non mai. Erano anni che non mi sentivo così bene. Dopo tutte le tragedie e i drammi della mia vita, ormai avevo dimenticato come lasciarmi andare e mettere da parte tutte le angosce.

"Stasera sei tutta mia," mormorò piano, facendo salire la mano fino ai capelli.

"Eh, sì," risposi, pensando a quanto sublime fosse quel momento.

Ma la tempesta tornò a imperversare dopo quella calma temporanea. Ricominciai a pensare al caos che era la mia vita, a tutti quei motivi che potevano ostacolare la mia vita sentimentale.

Jesse parlò, come se mi avesse appena letto nella mente. "Ehi, non hai nulla di cui preoccuparti. Tua mamma sta bene ed Emily si starà divertendo un mondo insieme a Kayla."

Feci un respiro profondo, seguito da un sospiro tremolante. "Lo so, però proprio non ci riesco a non preoccuparmi."

"L'ho notato." Non aggiunse nient'altro, quindi immaginai che l'argomento fosse chiuso. Ma mi sbagliavo. "So che non sono stati anni facili per te." Sembrava quasi più una domanda che un'affermazione.

"Mmh, già. Sono stati terribili. E sicuramente starai solo aspettando l'occasione giusta per dartela a gambe, ci scommetto," dissi con una risata rassegnata, ripensando a tutte le bombe che gli avevo lanciato addosso durante la cena. Mi stavo già preparando a quel momento, sapendo benissimo quanto fosse inevitabile. Ma sapevo che vederlo andare via mi avrebbe fatto più male di quanto avrei mai anticipato.

Il suo sguardo mi studiò. "Ehi, tesoro, ho sempre saputo quanto fosse complicata la tua vita, perfino quando pensavo fossi soltanto una bacchettona rompiscatole. Ma sappi che non basterà mai ad allontanarmi."

Non sapevo né cosa dire né cosa pensare, ma a quelle parole un delizioso calore mi avvolse dolcemente il cuore. Non avevo idea di come avrei fatto ad accogliere Jesse nella mia vita, ma un modo l'avrei trovato.

"D'accordo," dissi infine.

"Se posso permettermi, che ne è stato del padre di Emily?"

Feci un altro bel respiro profondo per prepararmi all'argomento spinoso.

"Beh, te l'ho detto che mia sorella aveva dieci anni in più di me, no?" Quando annuì, continuai. "Beh, è rimasta incinta al primo anno di università e ha deciso di portare avanti la gravidanza. Sinceramente non ha neanche senso chiamarlo *padre*, dato che non c'è mai stato per loro. Diciamo che è stato solo un donatore di sperma, un tipo conosciuto per caso a una festa. Quando gli ha detto di essere incinta lui se n'è fregato altamente, le ha giusto chiesto se avesse intenzione di abortire. Alla fine, dopo averci riflettuto a lungo, Karen ha deciso di tenere comunque la bambina. Mi dispiace che Em sia cresciuta senza un padre, non ha nemmeno mai dato una lira per crescerla. Anzi, un tempo si presentava all'improvviso da mia sorella giusto per chiederle soldi. Ogni tanto però chiama Em. Avevo paura che dopo la morte di Karen mi avrebbe causato problemi, ma lei è stata previdente e abbiamo preparato i moduli di adozione appena prima che morisse. Così almeno lui ce lo siamo tolte di torno. Alla fine non se n'è manco lamentato, soprattutto perché gli ho assicurato che non gli avrei mai chiesto soldi. Immagina però quanto c'è rimasta male Em. Le ha spezzato il cuore."

Jesse rimase in silenzio per un istante e poi mormorò, "Che pezzo di merda."

Mi scappò da ridere perché aveva proprio ragione. "Già, un vero pezzo di merda."

"Quindi l'hai adottata tu, eh?"

"Esatto. Me l'ha chiesto mia sorella. Io mi sarei presa cura di Emily comunque, ma la scelta alla fine ricadeva tutta su di lei. Ovviamente non mi aspetto che mi chiami mamma, visto che sono sua zia."

"Sei una brava madre," commentò Jesse, accarezzandomi dolcemente i capelli.

"Dici?" gli chiesi, guardandolo negli occhi.

Mi sorrise e uno stormo di farfalle mi invase lo stomaco. Santo cielo, era come se quel desiderio che avevo di lui non potesse mai essere saziato.

"Sì, credo di sì. Anche se ogni tanto è un po' scorbutica, rimane comunque una brava ragazza. Dopo tutto quel dolore che ha dovuto patire, è proprio fortunata ad averti nella sua vita."

Capitolo Quindici

JESSE

Il mattino seguente, mi svegliali con la sexy e dolce Charlie tra le braccia, il sedere rigoglioso premuto contro il mio pene. Per l'appunto, le sue morbide curve avevano già risvegliato il mio corpo, che fremeva al contatto. Era così calda e morbida, potermi svegliare accanto a lei un vero sogno.

Con la testa seppellita nell'incavo del suo collo, feci un bel respiro e il suo profumo mi invase le narici, un misto di muschio e lavanda. Le mie mani cominciarono da sole a esplorarle il corpo, scivolando lungo il braccio, la vita, la curva del fianco e poi davanti, passando dal ventre morbido fino al seno.

Un sorriso mi incurvò le labbra quando le mie carezze fecero indurire il capezzolo all'istante. Senza resistere un secondo di più, le tracciai una scia di baci sul collo e un brivido la pervase, facendomelo venire ancora più duro.

Riuscii a percepire il suo risveglio quando il corpo le si irrigidì appena. Le strinsi dunque il bocciolo tra le dita, strappandole un sussulto.

"Buongiorno," sussurrai, tra un bacio e l'altro.

Cominciò a strofinare le gambe tra loro, stuzzicando l'erezione che reagì all'istante ai suoi movimenti.

Le morsi piano il collo mentre facevo scendere la mano sulla morbida curva del ventre e poi più giù tra le cosce, trovandola calda, bagnata e pronta per me. "Jesse," mormorò, senza fiato. Inarcò il bacino verso di me e le sollevai la gamba giusto il tanto da poter scivolare nel suo sesso accogliente.

Cominciammo a muoverci all'unisono, seguendo un ritmo lento, sonnolento, sensuale. Con ogni spinta la sentivo stringersi attorno a me. Le massaggiai il clitoride con piccoli cerchi finché non si irrigidì e lanciò un urlo. Il mio orgasmo seguì il suo, violento e travolgente.

Restammo fermi così, lei tra le mie braccia e io dentro di lei. Non volevo più alzarmi. Sarei rimasto così per tutta la giornata.

Ma la vibrazione del cellulare di Charlie ci riportò violentemente alla realtà. Voltò la testa e incrociò il mio sguardo, con un sorrisetto stanco sulle labbra. "Sarà l'ospedale. Oppure Em."

"Molto probabile," replicai, stampandole un bacio fugace sulla bocca prima di scivolare fuori da lei.

Si alzò in piedi e andrò a controllare il telefono, completamente nuda, e mi fermai ad ammirarla.

Non riuscivo a strappare lo sguardo da quelle meravigliose curve che riusciva a nascondere così bene sotto il camice bianco. Il suo fisico non troppo secco mi piaceva da impazzire.

Rispose alla telefonata, tra un *"Mmhmm, ok,"* e l'altro, per poi concludere con *"A che ora passiamo?"*

Quindi era l'ospedale, perfetto. Rotolai anche io giù dal letto ed entrai in bagno.

Capitolo Sedici

CHARLIE

L'ospedale mi confermò che saremmo potuti passare a prendere mia madre per mezzogiorno. Dopo la telefonata, decisi di seguire Jesse sotto la doccia. Ormai avevo capito che bastava la sua vicinanza a eccitarmi, ovunque fossimo.

Entrai sotto il getto fumante e lo trovai con la testa piegata all'indietro mentre si sciacquava i capelli. Lo spettacolo mi fece fremere tutta, come se non mi avesse appena svegliata con del sesso ardente e passionale.

Ma ordinai al mio corpo di darsi una regolata. Mi chiusi la tenda alle spalle e presi il sapone. Quando Jesse percepì la mia presenza aprì gli occhi, un ghigno furbo sulle labbra.

"Che ti hanno detto dall'ospedale?" mi domandò.

"Oh, che mia mamma sta bene. La dimettono per mezzogiorno."

Socchiuse gli occhi e si spostò per lasciarmi il getto d'acqua. "Non è un po' tardi? Va tutto bene?"

"Diciamo che dipende tutto da quanto tempo impiegano a sbrigare le varie pratiche. Se ci fosse qualche problema non mi avrebbero dato alcun orario. Mi hanno detto che ha dormito bene e che ora sta chiacchierando con un altro paziente arrivato ieri notte. Che ne dici se dopo la doccia andiamo a fare colazione? Tanto lei ha alcuni esami del sangue di routine da fare. Alla sua età non fa mai male."

Jesse si poggiò alla parete e annuì, lo sguardo più sereno. "Ottimo, allora. Mi fa piacere sia riuscita a riposare."

Mentre mi risciacquavo, percepii il suo sguardo su di me. Quando trovò di nuovo i miei occhi, un sorrisetto micidiale gli incurvò le labbra. Per nascondere il rossore sul mio viso, cominciai ad applicare lo shampoo.

Senza aggiungere altro, sogghignò e uscì dalla doccia.

Lavai i capelli con l'acqua calda e sospirai. Mi stavo cacciando in un guaio bello grosso.

Lo seguii fuori e mi passò un asciugamano. Dovetti ricordare a me stessa per l'ennesima volta che dovevo tenere a bada i miei ormoni. Ma in quel momento Jesse era irresistibile: il petto muscoloso ancora nudo, la pelle bagnata, l'asciugamano avvolto attorno ai fianchi e l'ombra della barbetta sul mento cesellato. Fu solo per miracolo se riuscii a trattenermi.

Dopo esserci vestiti, recuperammo le nostre cose e lasciammo la stanza.

"Hai qualche bel posticino da consigliare per la colazione? Ho visto che conosci bene la zona," gli chiesi, sedendomi in auto.

Si voltò a guardarmi. "Ci vengo qualche volta durante l'estate, è un'ottima zona di pesca. Magari quando c'è più caldo torniamo per qualche giorno, che ne dici?"

Mi ritrovai ad annuire senza la minima esitazione,

soffermandomi solo dopo a riflettere sull'implicazione della sua proposta.

Un po' smarrita, ritornai alla domanda principale. "Quindi dov'è che possiamo berci un buon caffè?"

"Al Misty Mountain. Servono ottimo cibo e caffè."

"Ok, allora andiamo."

E così mise in moto e tornammo in centro. Il paesino sorgeva ai piedi delle montagne, con la baia di Kachemak sull'altro lato. I panorami erano davvero mozzafiato. Dopo qualche minuto entrammo al Misty Mountain. Si trattava di un capanno Quonset convertito in un delizioso ristorantino spazioso e arioso. Gli interni moderni davano un tocco in più all'ambiente, con pareti rifinite e travi di legno che decoravano l'alto soffitto. Tende e tovaglie variopinte rendevano lo spazio accogliente e piacevole.

Il locale era molto affollato e dopo qualche minuto di coda ordinammo due caffè e qualcosa da mangiare. Con le tazze in mano, ci fiondammo a un adorabile tavolino accanto a una delle finestre. Bevvi un sorso di caffè e con un sospiro guardai Jesse. "Sai, amo il caffè. È stato il mio miglior compagno di studi."

"Ah, piace molto anche a me. Se non lo bevo non riesco a carburare," replicò con un sorriso.

Ci fu una pausa. Mi guardai intorno, provando a immaginare come sarebbe stato se quel miraggio che era il nostro rapporto fosse stato vero. Quel weekend era come sospeso nel tempo.

Dopo quell'appuntamento non-appuntamento della sera prima, uscire a fare colazione insieme rendeva tutto più reale, come se tra di noi ci fosse molto di più.

Subito dopo mangiato Jesse mi portò all'ospedale. Arrivammo alla stanza di mia mamma proprio appena prima che la portassero fuori per gli esami del sangue.

Quando vide Jesse, un sorriso enorme le aprì il volto. "Oh, Jesse! Sei ancora qui."

Lui le sorrise e le fece l'occhiolino, infilandosi una mano in tasca. "Ma certo che sono ancora qui, Olive. Mica potevo andarmene, sai. Devo riportarti a casa."

Mia madre si fece una risata deliziata. L'infermiera dietro la sedia a rotelle ci guardò con un sorriso. "Olive sta benone. Tra un sonnellino e l'altro ha chiacchierato tanto con tutti."

"Come ti senti, mamma?"

Mi guardò e si strinse nelle spalle. "Bene, dai. A quanto pare devo usare un deambulatore."

"Già, me l'hanno detto," replicai, senza sapere cos'altro dire.

L'infermiera le strinse dolcemente la spalla. "Dai, cara, ne abbiamo appena parlato. Ti serve per riuscire a stare in piedi, lo sai." Detto ciò, mi fece l'occhiolino. "Se volete seguirci, noi stiamo scendendo al laboratorio," aggiunse.

"Volentieri," risposi, seguendola.

Scendemmo al secondo piano e attraversammo un lungo corridoio. Gli ospedali erano tutti uguali: colori smorti, luci accecanti, gente che correva da una parte all'altra e tutto sempre così pulito da risultare freddo e sterile.

L'infermiera ci lasciò nella sala d'attesa. Ogni volta che vedevo un laboratorio ripensavo a mia sorella. Infatti era proprio accanto a quello dell'ospedale di Boston che si trovava il reparto in cui si recava per la chemioterapia. Balzava da uno all'altro per la sua lista infinita di esami e controlli. Scossi via quei pensieri, ricordando a me stessa che ormai non avrei più potuto fare nulla per la sua morte. Speravo soltanto di poter godere della compagnia di mia madre per un altro po'.

"Olive?" chiamò qualcuno.

Una ragazza apparve sulla porta. Mi lasciò subito una bella impressione. Aveva capelli corvini raccolti in una coda di cavallo alta, con occhi di un azzurro traslucido. Indossava una casacca verde fluo con strisce rosa abbinate al fiocco che le legava i capelli. Il suo sorriso raggiante era contagioso.

"Eccomi qui," annunciò mia madre dalla carrozzina.

Jesse si alzò e la accompagnò da lei. La ragazza guardò mia madre e le porse la mano. "Io sono Violet, piacere di conoscerla."

"Olive. Il piacere è mio."

Nonostante i problemi di memoria, o forse proprio per quello, la vedevo sempre di buon umore. Si arrabbiava soltanto quando provavo a parlarle dei vari cambiamenti che avremmo potuto adottare, come per esempio acquistare un deambulatore o assumere qualcuno che la seguisse.

Violet ci guardò. "Siete qui per offrirle supporto morale?"

"Vuoi compagnia, mamma?"

Si voltò a guardarci e si strinse nelle spalle. "Beh, visto che ci siete venite pure."

Violet sorrise. "Allora seguitemi."

Ci condusse in un breve corridoio ed entrò in una stanza piuttosto piccola. Violet prese la sua cartellina e cominciò a leggere le informazioni su mia madre. "Dunque, abbiamo giusto qualche esame di routine da fare. Allora, Olive, preferisce il braccio destro o il sinistro?"

"Oh, posso scegliere io?" le chiese mia mamma.

"Certamente. A me basta trovare una buona vena, poi la scelta spetta a lei. C'è chi preferisce usare il braccio non dominante per i prelievi, mentre altri quello dominante perché usandolo di più il dolore svanisce prima. Ma sarò onesta, alla sua età secondo me è meglio scegliere quello che usa di meno."

Mia madre cominciò a raccontarle di tutti gli uccelli visti il giorno prima e Violet ascoltò molto volentieri le sue storie, tra una risata e l'altra. Il fatto che ricordasse così tanto mi colmò di un sollievo immenso. Generalmente, comunque, aveva più problemi con gli eventi meno recenti.

Alla fine, tornammo in corridoio, mia mamma accompagnata da Jesse. Arrivati alla porta della sala d'attesa, Violet mi toccò il braccio per fermarmi.

"Avrei giusto una domanda," mi disse.

Jesse colse subito la situazione e ci lasciò sole.

Violet mi guardò negli occhi prima di continuare. "Lo so che non sono affari miei e che quasi certamente non ci rivedremo mai più, ma ti prego, trova qualcuno che aiuti tua madre. Lo dico per il tuo bene. È un vero tesoro e si vede quanto sei preoccupata per lei. Ho saputo dall'infermiera che dice di non aver bisogno di aiuto quando è da sola. Ma, sinceramente, credo che avere della compagnia non le farebbe male."

Violet la conoscevo da neanche dieci minuti, ma le sue parole colpirono dritte nel segno.

Mandai giù il groppo alla gola e sospirai. "Lo so. Ci sto lavorando."

Ed era vero, ma le emozioni riuscivano sempre ad averla vinta sulla ragione. Era difficile, molto più difficile di quanto avrei mai potuto immaginare. Era terribile vedere mia madre peggiorare di giorno in giorno e continuavo ad aggrapparmi alla speranza che prima o poi si sarebbe ripresa, pur sapendo benissimo che non sarebbe mai successo. Porca miseria, ero una dottoressa. *Sapevo* fin troppo bene cos'è che stava succedendo, ma quella consapevolezza non serviva a mitigare il rimorso e il dolore.

Violet mi guardò con occhi colmi di affetto e comprensione. "D'accordo. Se ti ho messa a disagio lamentati pure con il mio capo. Lo sa benissimo che tendo a dire sempre ciò che penso."

"Oh, intendi che provi sempre a offrire la tua opinione alle persone smarrite che potrebbero aver bisogno di un consiglio?" le chiesi con un sorriso.

Violet sogghignò, con un'alzata di spalle. "Esatto, proprio così. Comunque, è stato proprio un piacere."

"Idem."

In quel momento la chiamarono al cercapersone. "Ehi, Violet," le dissi prima che lo prendesse in mano.

Si voltò a guardarmi.

"Grazie."

Mi rivolse un sorriso enorme e tornai in sala d'attesa da Jesse e mia madre. Lui mi lanciò un'occhiata perplessa e, per tranquillizzarlo, mimai con la bocca, "*Tutto bene.*"

Capitolo Diciassette

JESSE

Qualche giorno dopo, posai le mani sulle piastrelle della doccia con un sospiro. Ero ancora in caserma, dopo una giornata estenuante. Era scoppiato un violento incendio in una località poco distante da Willow Brook e per riuscire a domarlo c'erano volute addirittura più squadre. Aveva preso fuoco un enorme edificio minerario e purtroppo c'era stata una vittima. Un uomo, che era entrato per esplorare la zona, era rimasto bloccato dentro e aveva inalato troppo fumo.

Non eravamo riusciti ad arrivare in tempo e non era affatto una bella sensazione. Lasciai che il getto violento d'acqua bollente lavasse via tutta la tensione della giornata. Ero esausto tanto a livello fisico quanto psicologico. Andai a cambiarmi insieme ad alcuni colleghi, nel silenzio più totale. Seduto su una panca, mi scolai una bottiglietta d'acqua. Quando la lanciai nel cestino nell'angolo, Ward entrò nello spogliatoio.

Si appoggiò contro gli armadietti davanti a me e Caleb, i due leader della sua squadra.

"Abbiamo fatto tutto il possibile, ragazzi. Probabilmente siamo stati contattati già troppo tardi," affermò, la voce tirata.

"Lo so, ma è terribile comunque," replicai, passandomi una mano tra i capelli con un sospiro.

Ero convinto che se fossimo arrivati in tempo saremmo riusciti a salvarlo. E quello proprio non mi andava giù. Non si trattava certo del primo decesso della mia carriera, lavoravo come hotshot da ormai più di dieci anni. Avevo perfino perso un collega rimasto intrappolato in un incendio boschivo. Un ricordo che ancora mi faceva rabbrividire. Quel giorno, invece, l'uomo si trovava nella parte posteriore della miniera, rimasto intrappolato dietro all'incendio scoppiato nell'edificio principale. Ogni singola morte mi gravava sul cuore.

"Già, proprio terribile," affermò Caleb.

Ward sospirò e annuì cupo. "Lo so, ragazzi. Purtroppo non possiamo fare miracoli. Vi ricordo che si lavora tutto il weekend, preferite passare?"

"No, ce la faccio," risposi, e Caleb annuì.

Proprio come me, anche lui preferiva distrarsi da queste cose con il lavoro.

In macchina verso casa, sentivo il bisogno viscerale di rivedere Charlie. In realtà avrei dato qualunque cosa per potermi addormentare quella notte con lei tra le braccia. Entrando nel vialetto di casa, mi fermai prima di scendere dall'auto. *Dovevo* assolutamente rivederla. Presi dunque il telefono e le inviai un messaggio.

Pensavo di passare da voi. Pizza?

Dopodiché, entrai in casa per dare da mangiare a Waffle. Senza neanche attendere una risposta da Charlie, la caricai in macchina e tornai in città a prendere da mangiare. Per fortuna, qualche minuto dopo ricevetti comunque un suo messaggio.

Perfetto. Em ha la luna storta. Una buona pizza le farà bene.

Dopo quella giornataccia, il pensiero che a breve avrei rivisto Charlie bastò ad alleggerirmi il cuore. Waffle era eccitatissima, felice come sempre di uscire di casa.

Qualche minuto dopo parcheggiai nel suo vialetto di casa. Bussai alla porta e venne ad aprirmi. Senza perdere tempo, Waffle si fiondò dentro e io mi fermai a guardare Charlie. Per fortuna avevo le mani occupate da tre cartoni di pizza, perché Em era lì in soggiorno e ci avrebbe visti se l'avessi presa tra le braccia.

Avevo un disperato bisogno di lei.

"Accomodati," mi disse, invitandomi a entrare.

Waffle ed Emily stavano già giocando sul pavimento, mentre Olive era appisolata a tavola.

"Oh, potevi dirmelo che tua mamma stava dormendo," le dissi a voce bassa, seguendola dentro.

Charlie si voltò con un sorriso. "Non preoccuparti. È normale. Se non avesse dormito ora si sarebbe addormentata durante la cena, te lo assicuro."

Charlie prese i piatti, mi passò una birra e si versò un bicchiere di vino, per poi sedersi su uno sgabello. Incrociò il mio sguardo e abbassò la voce. "Avrei chiesto a Em di unirsi a noi, ma oggi preferisco lasciarla in pace. Temo sia successo qualcosa a scuola, visto che è tornata a casa più scontrosa del solito. Vorrei dirle che se ha bisogno di parlare con qualcuno sono qui per lei, ma so che devo essere proprio alla fine della lista. Ormai ho capito quali sono le mie battaglie perse in partenza, ma non posso fare a meno di preoccuparmi comunque."

"Ma guarda, anche secondo me ha bisogno di spazio. Però le chiedo se le va di mangiare un po' di pizza, visto che ho preso la sua preferita. Quella con tutte le verdure, hai presente?"

Charlie mi rivolse un sorriso enorme, come se quel semplice gesto fosse un qualcosa di assolutamente grandioso. Ormai il mio cuore apparteneva completamente a lei e me ne resi conto proprio in quel momento. Non è che prima di conoscere lei avessi evitato le relazioni serie. Non avevo neanche dovuto rimettere insieme i pezzi del mio cuore dopo una brutta rottura. Però non avevo mai avuto nessuno di così speciale nella mia vita.

Ormai l'avevo capito che aveva una vita alquanto complicata. L'aveva ripetuto più volte lei stessa. Stranamente, però, quei suoi problemi non mi pesavano affatto. Anzi, non mi sembravano neanche dei problemi. Nonostante le sue angosce, non mi era mai passato in mente di fuggire e abbandonarla.

Mi voltai verso Emily per chiamarla. Quando sollevò lo sguardo, le chiesi, "Vuoi della pizza? Ho preso la tua preferita."

Dopo aver passato abbastanza tempo con mia nipote sapevo benissimo come fossero fatti gli adolescenti. Era tutto un susseguirsi di alti e bassi, di giornate sì e giornate no. Proprio come anticipato da Charlie, quel giorno Emily non sembrava affatto di buon umore. Con me era sempre stata molto educata. Eppure, quella sera aveva l'aria cupa, mentre carezzava mestamente Waffle.

"D'accordo," rispose infine, con un sospiro, come se le pesasse perfino mangiare qualcosa.

Trattenni un sorriso, sapendo benissimo che non avrebbe aiutato affatto, ma sinceramente trovavo quasi comiche le angosce adolescenziali, soprattutto se di mezzo c'era qualcosa di tanto sciocco come il cibo.

Charlie trovò il mio sguardo e mi rivolse l'accenno di un sorriso, mimando un *grazie* con le labbra.

Olive non si svegliò per tutta la cena e io avevo passato il tempo a battagliare con il desiderio di addormentarmi accanto a Charlie. Purtroppo, era ancora troppo presto per pretendere un qualcosa di così intimo.

Cominciammo a ripulire e Charlie chiese a Emily di portare il suo piatto al lavello. La sentimmo mormorare qualcosa e Charlie si voltò a guardarla, lo sguardo severo. Poggiò i fianchi al bancone e si asciugò le mani sullo straccio. "Senti, Emily, l'abbiamo capito tutti che non sei di buon umore. È tutta la sera che ti comporti da vera maleducata. Va bene, ti capisco, ma puoi perlomeno portare qui il tuo piatto," affermò, il tono inflessibile.

Emily arrivò con passo pesante in cucina e lanciò nel lavello il piatto, che si ruppe per l'impatto.

"Ehi..." cominciai, tenendo subito a freno la lingua. Non spettava a me intervenire.

Emily mi fulminò con lo sguardo, ma prima che potesse dire qualcosa Charlie la anticipò. "Emily, hai appena rotto un piatto. Non è stato un bel gesto."

Al che, Emily scoppiò a piangere. Guardando sua zia, disse, "Beh, tanto per te è più importante Jesse, no? E pure tutti gli altri!"

E così se ne andò, correndo al piano di sopra per poi sbattersi la porta della sua stanza alle spalle, facendo vibrare le pareti.

Charlie aveva l'aria sconvolta. Sul viso pallido come un lenzuolo scivolò una singola lacrima. "Non può averlo detto davvero. Come può pensare una cosa simile?"

"Ehi, dubito lo pensi sul serio, sai? È solo arrabbiata, capita di dire cattiverie quando si ha la mente annebbiata."

Mi avvicinai e la presi tra le braccia. Si irrigidì al contatto, ma poi la sentii rilassarsi contro di me. Lasciandosi cadere la testa contro il mio petto, mi disse, "Lo so, hai ragione, ma odio quando fa così. Devo andare a parlarle, va bene?"

"Ma certo, figurati," replicai, accarezzandole i capelli e la schiena. Ormai avevo completamente dimenticato gli eventi di quella giornata e volevo soltanto pensare a farla stare meglio. Stava di certo per chiedermi di andarmene. Per quanto la capissi, avrei preferito comunque non lo facesse.

Fece un passo indietro e mi strinse dolcemente la mano. "Grazie per la pizza, sai. Mi dispiace che mamma non si sia svegliata. Le fa proprio tanto piacere quando vieni a trovarci."

Le sorrisi. "A Olive piace proprio avere compagnia. Ma adesso vai pure da Emily, non preoccuparti."

Charlie mi accompagnò alla porta e uscì insieme a me, chiudendosela lentamente alle spalle. Era ormai tarda sera, i colori del tramonto che tingevano il cielo. Nella luce fioca, gli occhi di Charlie brillavano come stelle, di un'intensità sconvolgente. Si sollevò leggermente verso di me, mettendomi una mano dietro la nuca, e la raggiunsi a metà strada per trovare le sue labbra.

Sospirai sulla sua bocca e la strinsi a me, sentendo il bisogno di averla vicino, di assorbirla completamente. Fu un bacio delicato, una carezza sulle labbra. Da quel contatto si scatenò un incendio che andò ad alimentare le fiamme del nostro desiderio.

Ci baciammo con ardore, una passione di un'intensità unica. Ma non eravamo spinti dal mero desiderio sessuale, dietro c'era molto di più. Io ero ancora scosso per quella vita che ci era sfuggita tra le dita, mentre Charlie aveva i suoi demoni da affrontare. Quando si inarcò contro di me con un gemito gutturale dovetti fermarmi. Perché altrimenti con lei sarebbe stato impossibile trattenermi.

Dopo un'ultima carezza della lingua le presi il labbro inferiore tra i denti, prima di sollevare la testa. La strinsi forte a me e scrutai in quei suoi occhi argentati e sensuali.

"Devo andare."

"Perché?" mormorò.

"Perché baciarti non mi basta mai," risposi, con un sorriso. Era come se si fosse dimenticata del litigio con Emily.

Le sue spalle si sollevarono e riabbassarono con un respiro profondo, il seno premuto contro il mio petto. Arricciò il naso e inclinò la testa su un lato. "Ok, ok. Grazie ancora."

E così la lasciai andare, anche se con riluttanza. Solo in quel momento realizzai di aver lasciato Waffle dentro. "Oh, dobbiamo fare uscire Waffle."

Charlie fece un altro passo indietro e si voltò ad aprire la porta. Molto probabilmente Waffle mi stava aspettando, perché schizzò subito fuori.

Più tardi, a casa mia, mi fermai a una finestra a osservare il cielo notturno. Le stelle brillavano nell'oscurità, mentre il chiaro di luna proiettava un bagliore argentato su tutto il panorama. In quel momento, mi chiesi se Charlie fosse già andata a dormire.

Capitolo Diciotto

CHARLIE

Il mattino seguente mi svegliai presto, già stanca. Dopo aver dormito durante l'ora di cena, mia madre aveva passato una notte quasi insonne. Era uno dei problemi principali dei suoi numerosi pisolini pomeridiani. Non che mi svegliasse lei di proposito, ma avevo sempre avuto il sonno leggero. Ogni volta che si svegliava lei, lo facevo automaticamente pure io.

Erano le otto del mattino e lei si era addormentata di nuovo. Emily, invece, non si era ancora svegliata. Ne approfittai per godermi quel raro momento di pace e tranquillità. Scesi a farmi un caffè, misi un bagel a tostare e mi accomodai al tavolo della cucina, accanto alla finestra.

La vista era un vero spettacolo, ma d'altronde in Alaska ogni vista lo era. Dietro casa nostra c'era un piccolo prato che si apriva poi in un bosco, con i monti in lontananza. Mi era stato anticipato che durante l'estate quel prato si sarebbe trasformato in un caleido-scopio di colori e non vedevo proprio l'ora di poterlo vedere con i miei occhi. Al momento, nelle zone d'ombra c'erano ancora chiazze di neve sotto gli alberi e brina sull'erba morta.

Il cielo coperto rifletteva alla perfezione il mio umore. I tentativi di parlare con Emily si erano rivelati vani. Ogni tanto mi ritrovavo a desiderare un manuale di istruzioni per gestire gli adolescenti. Essendo una dottoressa, ed essendoci passata pure io, sapevo che probabilmente era tutta una questione di ormoni. Decisi dunque che avrei contattato a breve la ginecologa per fissarle un appuntamento.

Sapevo che non l'avrebbe presa benissimo, a Boston ce l'avevo dovuta praticamente trascinare. Ma nonostante le sue proteste, non mi ero lasciata comunque scoraggiare.

La sera prima, invece, perlomeno non si era chiusa a chiave in camera sua. Mi aveva fatta entrare, ma si era rifiutata comunque di togliersi le cuffie ed era rimasta tutto il tempo a fissarmi a braccia conserte.

Era proprio in quei momenti che mi sentivo assolutamente smarrita. Sapevo benissimo che, madre biologica o meno, le diverse fasi di sviluppo di un figlio fossero problematiche. Eppure, alcune sembravano concepite appositamente per instillare un devastante senso di fallimento nei genitori. Soprattutto in quelli che avevano preso le redini un po' troppo tardi e avevano poca esperienza, proprio come me.

Non mi sarei mai pentita di avere adottato Emily. La amavo incondizionatamente, come fosse mia figlia. Eppure, il nostro passato ci sarebbe sempre stato da ostacolo. Prima della morte di sua madre non ero altro che sua zia, quindi il rapporto che era andato a costruirsi tra di noi negli anni era diverso.

Ero lì seduta a tavola a sorseggiare il mio caffè e mangiucchiare il bagel, chiedendomi nel frattempo con quale umore si sarebbe svegliata quella mattina e se nel caso fossi riuscita a parlarle. Quel commento che mi aveva sputato addosso la sera prima continuava a tormentarmi.

In quel caos che era la mia vita avevo cercato disperatamente di rimanere a galla, cercando di gestire il lavoro, mia madre ed Emily allo stesso tempo. Molto probabilmente si era sentita trascurata e non potevo fargliene una colpa. Avevo sempre le mani troppo piene per seguire tutto contemporaneamente. Mi sentivo un poco come un giocoliere che doveva tenere per aria tante diverse palline, ma io purtroppo non c'ero affatto brava. In fondo, non avevo la minima coordinazione.

Mi chiesi anche cos'è che pensasse Em del rapporto tra me e Jesse. Per quanto mi sentissi pronta a buttarmi e gettare le fondamenta per qualcosa di solido insieme a lui, la reazione di Emily mi aveva aperto gli occhi, facendomi capire che probabilmente non era il momento giusto.

Scacciai quei pensieri e bevvi un lungo sorso di caffè, seguendo con lo sguardo due corvi che piombarono nel prato. Il grido acuto di una gazza risuonava tra i rami degli alberi e un attimo dopo planò sull'erba, risollevandosi verso il cielo prima di raggiungere gli altri due uccelli. I primi raggi del sole le colpirono le ali, facendo risplendere i riflessi blu e verdi del piumaggio.

I passi di Em rimbombarono sulle scale e mi voltai proprio quando arrivò in cucina. Non emanava più quell'aura cupa e scontrosa della sera prima, ma non pareva neanche di buon umore. Sarebbe stato chiedere un po' troppo, effettivamente. Rimasi in silenzio, aspettando dicesse qualcosa. "Buongiorno, zia Charlie."

Oh, ottimo. Perlomeno mi stava parlando.

"Buongiorno. Vuoi un bagel anche tu?"

Mi alzai quando annuì per prepararglieneuno e infilarlo nel tostapane, mentre lei andava a versarsi del succo d'arancia. Dopo qualche minuto si mise a tavola e la seguii, indecisa se tirare fuori quel suo terribile commento.

Cercavo di non prendermela sempre per tutto, lasciando correre quando trovavo inutile mettersi a discutere. Non che fosse una strategia perfetta, ma quando proprio non avevo idea di cosa fare preferivo ignorare alcuni suoi comportamenti, almeno in caso di situazioni non troppo gravi.

Ma quel commento su Jesse implicava che si sentisse trascurata, quindi non potevo certo ignorarlo.

Le lasciai un po' di tempo per mangiare e poi mi feci coraggio. "Senti, perché non parliamo di quel commento che hai fatto ieri sera, che ne dici?"

Socchiuse gli occhi e si passò una mano tra i capelli spettinati. Ogni tanto mi sembrava così piccola. Era strano pensare che in soli tre anni sarebbe diventata adulta. Ne aveva già passate tante, troppe per una ragazzina di soli quindici anni.

"Quale commento?" replicò infine.

Grazie al cielo non aveva alzato un muro.

"Hai detto che passo più tempo con Jesse che con te. Non sono arrabbiata, vorrei soltanto capire perché la pensi così. Mi dispiace proprio tanto e so che in questo periodo sono sempre impegnata. Certo, non è mica una novità, visto che è da anni che praticamente non ho un attimo libero per respirare, ma non voglio che tu ti senta trascurata. Sono pronta a riservarti tutto il tempo di cui hai bisogno, sai."

Abbassò la testa e cominciò a fare a pezzetti il bagel, disponendoli a cerchio. "Non significava nulla.

L'ho detto solo perché ero arrabbiata, ok? Ora abbiamo risolto?"

Sollevò la testa e mi lanciò uno sguardo di sfida. Non avevo alcun motivo di insistere sull'argomento, ma in realtà un briciolo di ansia era rimasto ancora nel mio cuore. "Sì, abbiamo risolto, però non abbiamo finito di parlare," risposi, determinata a non lasciar correre per l'ennesima volta.

Emily sospirò e si alzò a riempire di nuovo il bicchiere, tornando subito a tavola. "Vedi di non sentirti costretta a dover passare più tempo con me, grazie," commentò, alzando gli occhi al cielo.

Ci divertivamo a scherzare così. Dopo la morte di sua madre l'avevo praticamente soffocata con tutto il mio affetto. Una mia amica mi aveva aiutata molto, incoraggiandomi a starle accanto ma lasciandole comunque i suoi spazi.

"Oh, lo so che non lo sopporteresti mai," replicai con una risata. Dopo essersi seduta, ricominciò a mangiucchiare i pezzettini di bagel. "Senti, stiamo comunicando sempre meno e so che non ti piace parlare degli affari tuoi, ma sappi che se hai bisogno di qualcuno che ti ascolti, io sono qui."

Aspettai una sua reazione col fiato sospeso. Le mie parole mi parevano così cliché, ma in quel momento non ero riuscita a trovare un modo migliore per esprimere ciò che volevo dirle, ovvero che con me avrebbe potuto parlare di tutto.

Dopo qualche minuto, sollevò di nuovo lo sguardo. "Ieri ero arrabbiata perché al tipo che piace a me piace un'altra ragazza. È stato super imbarazzante perché pensavo di piacergli."

"Oh, mi dispiace, Em So che non è affatto bello," le risposi. Ed era proprio vero. Durante l'adolescenza era difficile affrontare i propri sentimenti e relazionarsi agli altri. Ogni emozione veniva amplificata, l'imbarazzo sociale tra quelle.

"Già, bello schifo. Ma tanto è stupido. Gli piace una che è bella ma cattiva," dichiarò con un sospiro.

Sospirai anche io. "Non ti mentirò, purtroppo sono cose che succedono."

"Ehi, ora mi sento molto meglio, grazie," disse alzando gli occhi al cielo, con una risata.

Poco dopo, tornò seria e mi guardò dritta negli occhi. "Guarda che prima dicevo sul serio."

Confusa, le lanciai un'occhiata perplessa.

"Quel commento non lo penso davvero. Ero arrabbiata e ho detto una cattiveria. So che non è una giustificazione, ma..." Senza continuare, fece un'alza di spalle, le guance arrossate.

Sapevo quanto fosse difficile per lei aprirsi così tanto con qualcuno. Mi si strinse il cuore e feci un bel respiro profondo, poggiando la mano sulla sua. "Ti ringrazio per la sincerità. Ma se dovessi mai sentirti trascurata non esitare a dirmelo, ok?"

I suoi begli occhi grigi si fissarono nei miei e infine annuì.

L'arrivo di mia madre pose fine alla conversazione.

———

Più tardi, Jesse mi chiese per messaggio se sarebbe potuto passare di nuovo e come stesse Emily. Nonostante le rassicurazioni di Em, gli dissi che non sarebbe stata comunque una buona idea. Ero ancora troppo preoccupata. La mia vita era già abbastanza complicata e quei sentimenti che stavano sbocciando così intensi per lui rischiavano solo di peggiorare le cose.

Capitolo Diciannove

JESSE

Arrivò il lunedì mattina e decisi di passare al Firehouse per un buon caffè e una dose del buon senso di Janet. Era ormai da venerdì che non vedevo Charlie e la cosa mi stava facendo impazzire. Mi mancava come non mai.

Non sapevo cos'è che mi aspettassi da noi due perché sinceramente era successo tutto per caso. Di certo non mi aspettavo di perdere la testa per lei al punto da sentirne terribilmente la mancanza dopo giusto un paio di giorni.

Varcata la soglia trovai Beck in coda per la cassa. Eravamo buoni amici e colleghi di lavoro. Era in caserma da prima di me e a un certo punto avevamo anche servito nella stessa squadra, separati poi per una serie di motivi.

"Ehi, bello," mi salutò quando mi vide.

Mi fermai accanto a lui e lo guardai. "Buongiorno. Come va?"

"Guarda, c'è Max che passa tutte le notti sveglio e sono stanco morto. Carol avrà soli tre mesi, ma per il momento dorme come un angioletto," disse, scuotendo lentamente la testa. "Giuro, amo i miei bambini, ma è dura quando non riesci a riposare neanche per qualche ora di fila."

Nonostante la carenza di sonno, era allegro e sorridente come al solito. Era sempre stato un ragazzo in gamba e alla mano, ma aveva messo la testa sulle spalle solo dopo aver conosciuto Maisie. Era stato uno shock per tutti vedere un casanova come lui in una relazione seria. Eppure, ricopriva perfettamente il ruolo di marito devoto e padre amorevole e non avrebbe scambiato la sua vita per niente al mondo.

"Ah, buono a sapersi. Lo terrò bene a mente," ironizzai con un sorrisetto.

Avanzammo insieme alla fila e mi guardò. "Ma senti un po', cos'è che ci facevi al Festival degli Uccelli con la dottoressa Lane e sua madre?"

Ecco, Beck non aveva proprio peli sulla lingua. Quando voleva sapere qualcosa, non esitava a chiedere. A differenza degli altri, non gli piaceva stare a osservare. Era troppo curioso e amava ficcare il naso negli affari di tutti.

"Sua mamma voleva tanto andarci, quindi mi sono offerto di accompagnarle," risposi, rendendomi conto che il rapporto tra me e Charlie poteva risultare molto ambiguo per chiunque altro. In realtà pure per noi due era piuttosto vago, ma a me proprio non andava. Volevo poter mettere un'etichetta a quello che condividevamo, renderlo concreto.

"Ah, quindi hai cominciato a fare il tassista?" domandò, con un sorrisetto d'intesa.

Mi feci una bella risata. Beck non era certo stupido; anzi, era fin troppo perspicace. "Siamo vicini di casa, ok? E... diciamo che provo qualcosa per Charlie."

Beck rise. "Beh, immaginavo. Ho detto al dottor

Johnson che non potevo farmi seguire da lei perché è troppo bella. Oh, non fraintendere. Non mi fa il minimo effetto. Ma è troppo strano vederla lì in clinica. Ma mi capisci, no?" Mi guardò intensamente.

Scoppiai a ridere. "Sì, sì, capisco. Comunque..."

Mi fermai prima di continuare, incerto se fosse opportuno o meno porgli una domanda simile. Però in fondo Beck era un buon ascoltatore e dava sempre ottimi consigli. Dopo aver preso i nostri caffè, gli chiesi, "Senti, ti va se ci sediamo per qualche minuto?"

Accettò volentieri, approfittando della pausa prima del lavoro. Dopo aver bevuto qualche sorso, lo guardai di nuovo. "Potrei aver bisogno di qualche consiglio di coppia," confessai, andando dritto al punto.

Dopo un lungo sorso di caffè, annuì lentamente. "Immaginavo. Ho visto il modo in cui la guardi. Hai proprio perso la testa per lei, eh? Io non la conosco poi molto bene, ma secondo me con una donna come lei non puoi stare a fare giochetti."

"Infatti volevo chiederti com'è che posso farle capire che faccio seriamente," replicai.

Beck mi fissò a lungo e poi si passò una mano tra i capelli. "Allora devi essere onesto e mettere tutte le carte in tavola. Con Maisie ho dovuto fare così. L'unica differenza è che lei pensava fossi solo uno sciupafemmine, quindi non mi prendeva affatto seriamente."

"Ed è davvero così semplice?"

"Guarda che non sono un esperto. Ma non mi sembra una donna molto... frivola, ecco. Sinceramente, la vedo sempre rigida come un palo. Se non riesci a farle capire che fai seriamente diventerai giusto un altro dei suoi impegni che ha sul calendario. Fidati, è importante dirle sin da subito cosa provi."

Quel suo consiglio non mi convinceva fino in fondo, ma in effetti aveva ragione su Charlie. Era come se da me non si aspettasse molto, perché ogni volta che mi facevo avanti reagiva sempre con una certa sorpresa. Ma sorpreso lo ero pure io, da tutto quanto. Preferiva comunque tenere una certa distanza tra di noi, mantenendo il nostro rapporto strettamente fisico. Non ci capivo più nulla e non sapevo che pesci prendere, ma di una cosa ero sicuro: per me lei era molto di più un bocconcino da gustarmi sotto le lenzuola.

Con quei pensieri che mi frullavano per la testa, andai in caserma. Fu una giornata piena, tra un'emergenza e l'altra in città e un grosso incendio boschivo nell'entroterra.

Per la prima volta in vita mia, provai un forte senso di disagio. Non mi ero mai preoccupato di dover lasciare la città per una missione, tranne quel giorno. Era da troppo tempo che non vedevo Charlie e non avrei potuto farlo neanche prima di partire. La stagione degli incendi era solo agli inizi, ma la neve aveva già cominciato a sciogliersi e la natura a inaridirsi.

Eravamo diretti verso l'Alaska interna per combattere un incendio che stava minacciando i villaggi indigeni della zona e un resort di caccia e pesca. In mezzo al caos più totale per i preparativi, presi il telefono e composi il numero di Charlie.

In realtà non mi aspettavo neanche rispondesse, dato che era al lavoro. Però non volevo neanche parlarle solo per messaggio. Alla fine, partì la segreteria telefonica, il messaggio semplice ed essenziale.

Salve, sono Charlie. Lasciate un messaggio e vi richiamerò il prima possibile.

Aspettai il segnale acustico. *Ehi, ciao, sono Jesse. È da un po' che non ci vediamo. Speravo di passare questa sera, ma dobbiamo partire per una missione. Starò via più o meno una settimana. Forse più, forse meno.* Mi presi una pausa per riflettere su cosa dire, ricordando però che non avevo molto tempo. *Vabbè, volevo giusto avvisarti e dirti che sicuramente non avrò campo. Cercherò comunque di scriverti quando posso.* Mi fermai di nuovo. Le parole che avrei voluto dirle erano lì sulla punta della lingua, ma temevo potessero essere inopportune. Ma fanculo. *Mi manchi.*

Terminai la telefonata e tornai in caserma, sentendo l'estremo bisogno di parlarle.

Beh, tanto cosa pensi di risolvere con una telefonata di qualche minuto, scusami?

Scossi via quei pensieri ed entrai nello spogliatoio, dove Ward correva da una parte all'altra. Raggiunsi Caleb e in quel momento sentimmo l'elicottero atterrare sulla pista dietro l'edificio.

Mezz'ora dopo eravamo tutti a bordo e Fred Banks, il pilota, cominciò il decollo. La città si faceva sempre più lontana alle nostre spalle, mentre di fronte a noi si ergeva il Denali, la vetta più alta dell'Alaska. La cima dell'imponente montagna era ancora ammantata di neve, che non si sarebbe sciolta nemmeno durante l'estate.

Caleb mi guardò con la coda dell'occhio. "Ehi, bello, tutto bene?" domandò.

Mi strinsi nelle spalle. "Oh, sì, non preoccuparti." Sinceramente non mi andava di discutere del mio turbamento interiore, tantomeno in quel momento. Si trattava soltanto di un problema marginale.

Caleb non disse nulla, studiandomi con lo sguardo. Sicuramente Beck non era l'unico ad aver notato che tra me e Charlie era sbocciato qualcosa. Willow Brook era una piccola cittadina, dove le voci si diffondevano a macchia d'olio. Non avevamo reso pubblico nulla, ma non ci eravamo neanche nascosti. Tra tutti i posti, eravamo andati insieme proprio al Firehouse, il centro del nostro piccolo universo. Ma comunque, non avevo la minima intenzione di soddisfare la sua curiosità. Non in quel momento, almeno.

Giusto l'anno prima, anche Caleb si era ritrovato con i suoi problemi di cuore tra le mani. La sua ex era tornata in città e alla fine, nonostante le avversità, il loro amore aveva trionfato. Qualcun altro della squadra richiamò la sua attenzione, quindi posai la testa al sedile e mi fermai ad ammirare il panorama.

Dopo neanche un'oretta atterrammo all'accampamento. Una densa nuvola di fumo si innalzava in lontananza, le fiamme alte nel cielo. Quella sezione di foresta contava un'infinità di abeti rossi morti che, insieme all'erba ormai secca, aspettavano soltanto di diventare cenere.

Scendemmo tutti a terra e ci aggiornammo con la squadra presente sulla scena sin dal mattino. Mi buttai a capofitto nel lavoro e finalmente Charlie svanì momentaneamente dai miei pensieri.

Capitolo Venti

CHARLIE

Mi buttai sulla sedia del mio ufficio e mi sfilai il camice. Era stata una giornata molto faticosa. Non feci però manco in tempo a respirare di sollievo che Rachel apparve sulla porta.

"Ti cerca la signora Stan," annunciò.

Neanche ricordai perché avesse scelto proprio quel soprannome per riferirsi a mia mamma, ma funzionava benissimo. Alla mia reazione angosciata, mi rivolse un sorriso rassicurante. "Tranquilla, ha solo chiamato per parlarti. Vuoi che ci pensi io? Magari riesco a calmarla."

"No," risposi con un sospiro.

Portai una mano dietro la testa e mi sciolsi i capelli. Quando caddero in morbide onde sulle spalle ripensai all'apprezzamento di Jesse e il cuore mi balzò nel petto.

Rachel mi guardò con aria perplessa. "Tutto bene?"

"Sì, sì, non preoccuparti."

Neanche quella notte ero riuscita a dormire molto. Per qualche motivo, mia madre stava cominciando a mostrare alcuni disturbi del ciclo sonno-veglia e passava tutto il giorno a dormire, per poi vagare per casa durante la notte. Grazie al cielo gli allarmi alle porte mi avvertivano di ogni suo movimento, svegliandomi nel cuore della notte quando le veniva in mente di uscire di casa da sola.

Rachel non sembrava affatto convinta dalla mia risposta. Probabilmente parlargliene mi avrebbe anche fatto bene, ma dovevo sentire mia madre il prima possibile. "Ora la chiamo e poi parliamo, ok? Tu hai finito?"

"Sì, stavo giusto uscendo. Ho appuntamento al Wildlands con Holly, ti va di unirti a noi?"

Scossi tristemente la testa. "Purtroppo non posso proprio. Soprattutto se mia mamma si sente poco bene. Meglio se torno subito a casa."

Rachel resse il mio sguardo, come se volesse aggiungere qualcosa, ma non lo fece. Presi dunque il telefono dalla scrivania e si girò per andarsene, fermandosi all'ultimo secondo. "Ne riparliamo domani, ok? So che hai alcune telefonate da fare e che Janet ti ha parlato della casa di riposo. Devi prendere una decisione perché non puoi continuare così. Hai bisogno di aiuto. E tua mamma ha bisogno di qualcuno che le faccia compagnia," affermò, senza mezzi termini.

Un groppo mi chiuse la gola. Lo mandai giù e annuii. "Risolverò la situazione, promesso."

Per fortuna sembrava soddisfatta dalla risposta. Non era una menzogna, ma dovevo ancora trovare il coraggio per affrontare la situazione. Quando si chiuse la porta alle spalle, telefonai a mia madre.

Rispose al primo squillo. "Dove sei? Non riesco a trovare tuo padre."

Erano passate alcune settimane dall'ultima volta, ma faceva sempre male come la precedente. Capire che strada prendere con lei era come camminare sul filo del rasoio, mi sentivo sospesa tra la ragione e il cuore. Ancora e ancora, le mie emozioni mi facevano perdere l'equilibrio. Strinsi forte gli occhi per trattenere le lacrime, ma invano. Cercando di non far trasparire il mio turbamento nel tono di voce, le risposi, "Tra poco sono a casa, va bene? Passo a comprare della pizza."

Avevo perso tutta la voglia di preparare da mangiare e mi accontentavo di cibo da asporto e piatti già pronti. In realtà cucinare mi piaceva, ma non ne avevo proprio il tempo materiale.

Grazie al cielo mi sembrò soddisfatta. Mi confermò che Emily era tornata a casa subito dopo la scuola e poi ci salutammo. Il suo rapporto con la realtà stava diventando sempre più sbilanciato. Alcune cose non le dimenticava mai, come per esempio i dettagli dei vari impegni quotidiani. Mentre ce n'erano altre che scordava totalmente, come la morte di mio padre. Mi asciugai le lacrime e feci qualche respiro tremolante per calmarmi. Sapevo fosse impossibile tornare indietro nel tempo, ma vederla peggiorare così tanto in così poco tempo faceva un male cane. A tutto quel dolore andava ad aggiungersi un soffocante senso di impotenza che non avevo mai provato prima.

Mentre tornavo a casa con le pizze, Jesse fece intrusione tra i miei pensieri. Il suo messaggio lasciato qualche ora prima in segreteria mi aveva colmato il cuore di disappunto. Ma non certo perché era partito a fare il suo lavoro. No, il fatto era che odiavo sentire già così tanto la sua mancanza. L'avevo ignorato per tutto il weekend e lui stava partendo per stare via chissà quanto a lungo. Il commento di Emily mi risuonò nelle orecchie, aggiungendosi alle altre angosce.

Erano ormai anni che non frequentavo un uomo, sempre troppo occupata a tenere insieme la nostra famiglia. Jesse era il primo che portavo nel nostro piccolo mondo, che presentavo a Em. Purtroppo il modello di relazione tra due adulti che le avevano dato i suoi genitori non era affatto stato dei migliori, con un padre assente e una madre che preferiva starsene sulle sue.

Con tutte le difficoltà e gli imprevisti della nostra vita, probabilmente avrebbe avuto qualche problema ad accettare e approvare la mia vita sentimentale.

Ma il punto era che neanche io sapevo esattamente cos'è che ci fosse tra me e Jesse, ma soprattutto se fosse saggio continuare in quella direzione. Avevo altre priorità a cui dedicarmi, prime su tutto Emily e mia madre. Per non parlare del mio stato emotivo fin troppo fragile cui dovevo porre rimedio il prima possibile.

Nonostante tutto, comprare la pizza mi fece pensare subito a lui, al suo rapporto così genuino e rilassato con mia madre. Era strano vedere un uomo così virile comportarsi così. Trasudava una forza innata e una mascolinità naturale che nascondevano quella delicatezza che tirava fuori con lei.

Sapevo fin troppo bene che Rachel e Janet avevano ragione. Per il bene di mia madre avrei dovuto trovare qualcuno che le facesse compagnia. Passava fin troppo tempo da sola. Mi ripromisi che il mattino seguente sarei andata da Janet per organizzare una visita alla casa di riposo.

Portare mia mamma a socializzare con altre persone della sua età mi sembrava il compromesso perfetto per non dover assumere qualcuno che venisse ogni giorno a casa nostra a prendersi cura di lei.

———

Mi svegliai piuttosto presto dopo una nottata un po' più tranquilla del solito. Mia madre si era svegliata all'una, quindi mi ero dovuta alzare per seguirla. Ma dopo aver finito un bicchiere di latte, era tornata a letto

Il mio telefono vibrò sul comodino e mi voltai, stropicciandomi gli occhi. Lo presi e mi sollevai su un gomito per controllare lo schermo. Era un messaggio di Jesse. Mi si fermò il cuore e un bizzarro senso di tristezza mi assalì.

Ehi, ho scoperto che un po' di campo c'è anche qui, ma staremo nel bel mezzo del nulla per qualche giorno. Comunque, guarda che ieri dicevo sul serio. Mi manchi davvero.

Sospirai e mi si strinse il cuore. Quel suo messaggio alla fine non l'avevo ignorato. Gli avevo risposto prima di andare a dormire, ma non avevo trovato il coraggio di dirgli che anche lui mi mancava già da morire.

Mi sentivo una vera codarda.

Capitolo Ventuno

CHARLIE

Qualche giorno dopo, entrai al Firehouse e trovai subito posto. Feci un bel respiro profondo, seguito da un sospiro. A quell'ora non c'era molta gente come al solito, quindi si stava piuttosto bene. Janet arrivò da dietro il bancone con il mio caffè e si accomodò di fronte a me. Con un gesto secco si spostò la treccia dietro la schiena e trovò il mio sguardo.

"Quindi andiamo oggi?" mi domandò.

"Sì, pensavo di passare qui prima di andare a prendere Em per portarla a scuola. Vieni in macchina con me?"

Janet annuì. "Vedrai che andrà tutto bene," mormorò, stringendomi affettuosamente la mano.

Sembrava stessi per affrontare chissà quale inferno, invece dovevo soltanto accompagnare mia madre in casa di riposo per valutare l'opzione. Per fortuna che con me sarebbe venuta anche Janet, perché non avevo idea di come avrebbe reagito.

Janet se la filò per sbrigare le ultime cose, lasciandomi sola con il mio caffè. Lasciai che terminasse di lavorare e poi la accompagnai alla mia macchina, una piccola berlina sopravvissuta al lungo viaggio da Boston. Arrivate a casa, Em uscì con lo zaino in spalla. L'avevo informata del piano e mi aveva dato la sua approvazione. Mia madre la seguì, con il bastone in mano e il passo molto più lento del normale. Non aveva problemi a usare il deambulatore in casa, ma portarlo anche fuori non le piaceva. Per fortuna ero riuscita a convincerla almeno a usare il bastone. Il dottor Johnson l'aveva già visitata e il bacino sembrava non avere più alcun problema.

Em balzò in macchina e apparve sorpresa di vedere Janet, ma si riprese subito. "Ciao, Janet. Come va?"

"Tutto bene, dai. Pronta per la scuola?" le chiese a sua volta Janet.

"Ma sì," rispose Em, con un'alzata di spalle.

Un attimo dopo, scese di nuovo per aiutare la nonna a sedersi. Quando vide Janet parve perplessa, confusa. Ma non ci mise molto a riconoscerla. "Oh, Janet! Che piacere vederti! Che ci fai qui con noi?"

Per fortuna non sembrava turbata dalla sua presenza. "Portiamo Em a scuola e poi passiamo a trovare una mia amica," le rispose.

Se fossi stata da sola, mia madre mi avrebbe senz'altro bombardata di domande, ma invece era tutti sorrisi, affatto preoccupata o diffidente. Lasciammo Emily a scuola e poi seguii le indicazioni di Janet, arrivando a destinazione in qualche minuto. Quando vidi la struttura, mi sentii già più sollevata. Per quanto piccolo fosse il paese, quella zona non l'avevo mai frequentata.

Nella mia testa mi ero immaginata un enorme edificio in stile ospedale o laboratorio. Invece, arrivammo davanti a una casa di modeste dimensioni e sembrava davvero che fossimo lì per far visita a un amico. Mia madre seguì Janet dentro, aiutandosi col suo bastone. All'ospedale di Diamond Creek ci avevano visto giusto. La mini-frattura al bacino era già guarita quasi del tutto. Faceva più fatica di prima a muoversi, ma grazie al cielo non stava soffrendo.

Diciamo che l'aveva presa bene, soprattutto dopo aver scoperto quanto fosse comodo usare il deambulatore per la casa. Ne avevo comprati quattro, uno per ogni bagno e uno per piano, così non doveva preoccuparsi di dimenticarseli in un'altra stanza.

Janet entrò da una porta laterale che dava sulla cucina. L'arredamento era molto moderno, la cucina rimessa a nuovo in stile industriale, per provvedere a gruppi più numerosi di persone. Una porta ad arco conduceva al soggiorno spazioso e arioso che ospitava diverse sedie e due tavoli, a cui in quel momento erano sedute sei persone anziane. Una signora con corti riccioli grigi e due brillanti occhi azzurri si voltò a guardarci. In lei avvertivo un'aura materna, protettiva.

"Ah, che bello vederti, Janet," disse, dando una pacca all'altra signora seduta al suo fianco prima di venirci incontro. "Ti ringrazio per la visita."

Mia madre cominciò a insospettirsi, ma continuò a osservare Janet e Norma, la sua amica, restando in silenzio.

Janet guardò prima mia mamma e poi Norma. "Ti presento Olive." Poi si voltò a guardare me. "E lei è Charlie."

Non avevo idea di cosa avesse detto Janet alla sua amica, ma tutto stava filando liscio come l'olio, tra chiacchiere e risate, come fossimo davvero passate soltanto a trovare un'amica. Nonostante tutto, in un certo senso era davvero così.

Qualche minuto dopo, Norma invitò mia madre a unirsi a un gruppetto di signore che stavano prendendo il tè. C'era chi faceva le parole crociate, chi giocava a carte e una che lavorava a maglia. Nell'aria si sentiva il fievole ronzio di un videogioco. Mia madre si girò verso la televisione, curiosa. Norma le sorrise e con una risata le spiegò la situazione. "Howard ci gioca spesso perché gliel'ha dato il suo nipotino, quindi gli piace allenarsi." Mia madre parve deliziata dalla cosa.

Dopo essere riuscita a distrarla con una partita a carte, Norma ci accompagnò alla porta. Notando la mia ansia, commentò, "Non ti preoccupare. Se succede qualcosa sarai la prima a saperlo."

Lo sguardo ferreo ma comprensivo di Janet incrociò il mio, dandomi proprio quel coraggio di cui tanto avevo bisogno. "A che ora dovrei passare a prenderla?" domandai.

"Può restare fino all'ora di cena, se preferisci. I miei orari variano di giorno in giorno. Proprio oggi resto fino alle otto, quindi non c'è alcun problema. Abbiamo anche altri dipendenti, ovviamente, perché alcune persone soggiornano qui da noi."

Quando concluse, mi ritrovai ad annuire. "D'accordo, allora. Se si trova bene non vedo perché portarla a casa prima di cena."

"Come preferisci," rispose Norma, le guance increspate da un sorriso.

Tornai al tavolo da mia madre. "Ehi, mamma, io devo andare al lavoro. Norma ha detto che se ti va puoi restare qui. Che ne dici?"

Grazie al cielo sollevò lo sguardo e mi guardò serena. "Volentieri. Tu vai pure, io qui sono a posto così."

Sorpresa e allo stesso tempo meravigliata da quel piccolo ma grande successo, me ne andai insieme a Janet. Arrivate in macchina mi voltai verso di lei ed esalai un sospiro profondo. "Grazie mille. Ancora è presto per cantar vittoria, ma ne avevo proprio tanto bisogno.”

Un sorriso le arricciò gli angoli degli occhi quando mi guardò. “Sono sicura che andrà tutto bene.” Poi fece una pausa, come per trovare le parole giuste. “Sai, non ti ho fatto la ramanzina solo perché sono una ficcanaso. Non ho problemi ad ammettere che sono un'impicciona, e lo sai,” confessò con una risata. “Ma per me è stato lo stesso con mia madre. Conoscendomi, saprai benissimo che ho cercato il più possibile di fare tutto da sola. Beh, alla fine ho capito che sarebbe stato impossibile. Anche lei odiava i cambiamenti e le novità, come tanti. Lasciale giusto un po' di tempo per adeguarsi e vedrai quanto le piacerà stare qui.”

“Ma sì, hai ragione. È solo che, beh, avevo bisogno di una bella spinta. Non sei stata solo tu a farmi pressione, ma anche Rachel e Holly. Alla fine mi avete fatto aprire gli occhi, ho davvero bisogno di aiuto. E pure mia madre. Quindi grazie ancora.”

Qualche minuto dopo lasciai Janet al Firehouse e mi diressi alla clinica con un peso in meno sul cuore. La giornata di lavoro si rivelò piuttosto piena e movimentata e per una volta riuscii a dimenticare tutte le mie ansie.

Ogni tanto Jesse riaffiorava tra i miei pensieri. Ero curiosa di sapere come se la passasse, ma purtroppo si trovava nel bel mezzo del nulla e non avevo modo di contattarlo. Però magari un messaggio prima o poi l'avrebbe letto. Senza neanche pensarci, presi il telefono e ne scrissi uno.

Spero vada tutto bene.

Rimasi a fissare lo schermo, riflettendo su quanto potesse essere saggio dirgli che in realtà anche lui mi mancava. Prima ancora che potessi prendere una decisione, le mie dita cominciarono a muoversi sullo schermo. Erano soltanto due parole. Neanche premuto invio, volevo già rimangiarmele. Non ero certa fosse il momento più appropriato, ma ormai era troppo tardi. Con le guance in fiamme, mi preparai alla prossima visita, cominciando a dubitare della mia sanità mentale.

Capitolo Ventidue

CHARLIE

Una settimana dopo, al Wildlands, mi abbandonai con un sospiro su una sedia di fronte a Rachel. Tralasciando qualche ostacolo qua e là, stavo cominciando a sentirmi proprio grata di aver accettato l'aiuto di Norma. Probabilmente era stata la decisione migliore che avessi preso da anni.

Quella sera mia mamma sarebbe rimasta da lei fino a cena, mentre Em avrebbe passato la notte da un'amica. Finalmente, dopo quella che pareva un'eternità, ero riuscita a ritagliarmi una serata tutta per me. Non sapevo manco cosa farmene di tutto quel tempo libero, ma per fortuna Rachel mi aveva invitata a uscire.

Mi guardò con un sorriso, un luccichio nei begli occhi azzurri. "Che meraviglia! Finalmente puoi pensare alla tua vita sociale."

Alzai gli occhi al cielo, con mezzo sorriso. "Guarda che mica è colpa mia se non avevo tempo per uscire. Sai che la mia vita è bella complicata."

Anche Rachel alzò gli occhi al cielo e si voltò verso la cameriera che arrivò al nostro tavolo. In quel momento mi vibrò il cellulare nella tasca dei jeans.

Mentre Rachel ordinava una bottiglia di vino, lo tirai fuori e trovai un messaggio di Jesse.

Cominciò a battermi forte il cuore e un senso di euforia mi pervase. Dopo quello stupido messaggio in cui gli avevo confessato che mi mancava, mi aveva scritto soltanto una volta, senza soffermarsi sulle mie parole. C'ero rimasta male, ma era un'idiozia. Quell'uomo stava combattendo contro un incendio nel mezzo del nulla, non aveva certo bisogno di una palla al piede.

Lessi il messaggio e per poco non mi esplose il cuore di gioia. *Stiamo tornando a casa. Una mezz'oretta e atterriamo alla caserma.*

"Cos'è quel sorrisone?" mi chiese Rachel, quando la cameriera si allontanò.

Per un istante considerai di non parlargliene, ma in realtà mi avrebbe fatto comodo qualche consiglio. "Jesse sta tornando in città."

Un sorriso raggiante le illuminò il viso. "E ti ha avvisata per messaggio?"

Ignorai le guance in fiamme. "Eh, già."

"E quindi cosa staresti pensando di fare?"

Qualche giorno prima, durante la pausa pranzo le avevo raccontato dei vari... incontri inaspettati tra me e Jesse e di quanto mi sentissi smarrita. La sua risposta? Che dovevo piantarla di usare come scusa i problemi della mia vita.

"Non lo so."

"Allora. Secondo me devi dirgli subito che vai a prenderlo. Hai tutta la serata libera, quindi ti conviene approfittarne."

"Devo passare a prendere mia madre alle otto."

Rachel controllò l'orologio. "Beh, mancano ancora quattro ore, dai."

Proprio quel giorno avevo finito di lavorare alle tre

del pomeriggio. Due giorni alla settimana chiudevamo prima, mentre altri due più tardi. Prima che potessi risponderle, Holly arrivò al tavolo con la sua amica Ella. Nel giro di pochi minuti si unirono a noi anche Amelia e Lucy, le proprietarie di un'impresa edile, e Maisie, che conoscevo già.

Dato che suo marito era un mio paziente, sapevo fosse la centralinista del paese. Ci chiamava spesso per avvisarci dell'arrivo di qualche pompiere infortunato.

Avevo completamente dimenticato la sensazione di uscire a rilassarmi con delle amiche. Nonostante conoscessi bene soltanto Rachel e Holly, sapevo già che avrei legato molto anche con le altre.

Maisie finì accanto a me. Ero già un poco brilla quando mi guardò con un sorriso. "Ehi, ho sentito che esci con Jesse."

Eh?

Quel commento così inaspettato mi lasciò ammutolita. Davanti a me c'erano Amelia e Lucy, una l'opposto dell'altra. Amelia, capelli e occhi colore dell'ambra, torreggiava sulla minuta Lucy, adorabile quasi come una fatina; ma in realtà, la sua personalità rispecchiava ben poco l'aspetto fisico. Era una ragazza scaltra, sarcastica e diretta.

Mi sorpresi quando i suoi occhi affettuosi incrociarono i miei. "Oh, dimenticavo che sei nuova da queste parti. Lo so, soprattutto all'inizio è difficile. Tutti sanno sempre tutto di tutti. La voce ha cominciato a girare quando vi hanno visti insieme al Firehouse, prima che Jesse accompagnasse te e tua madre al Festival degli Uccelli. Il popolo ha deciso che nessun uomo si spingerebbe mai a tanto per una donna per cui non prova nulla."

Con le guance in fiamme, sorseggiai del vino e mi guardai intorno, cercando frettolosamente una scusa.

"Siamo vicini di casa, quindi si è giusto offerto di darci un passaggio fin lì."

Holly, seduta sull'altro mio lato, mi diede una gomitata e scosse la testa. "Ma piantala! Quando vi ho visti insieme all'ospedale ti stava mangiando con gli occhi."

Guardai Rachel con disperazione, perché lei sapeva tutta quanta la storia. Sentivo di essere tutta rossa e non sapevo come muovermi. A complicare le cose, un brivido di euforia mi pervase il corpo.

Rachel, invece di aiutarmi, si strinse nelle spalle con una risata. "Già. Continuava a fissarti il culo."

Feci un respiro profondo e sospirai, scoraggiata. "E va bene. Tra di noi c'è qualcosa, ma non so bene cosa."

Mi guardarono tutte in trepidante attesa.

"Quindi è così, eh?" domandò Amelia.

Poi Lucy mi chiese, "Beh, tu cos'è che vuoi?"

Quella domanda tanto semplice e allo stesso tempo così importante mi colpì nel profondo. La risposta la sapevo benissimo. Soltanto pensare a Jesse mi provocò una strana sensazione di calore nel cuore. Se avessi potuto cancellare tutti i problemi della mia vita su una lavagna, avrei tanto voluto darci una chance.

Con lui era tutto così semplice. Il sesso, per esempio. Eppure, quella beatitudine non si fermava solo al desiderio carnale. Era proprio bello passare del tempo in sua compagnia, per quanto all'inizio facessi perfino fatica a sopportarlo.

Ma la mia vita era così e non potevo di certo cancellarla. La morte di mio padre e quella di mia sorella erano state scritte su quella lavagna col pennarello indelebile, impossibili da eliminare. Ma soprattutto, dovevo prendermi cura di Em e di mia madre, un'equazione talmente complessa in cui Jesse non avrebbe potuto trovare il suo posto.

"Beh, la mia vita è complicata," confessai, rendendomi conto che in quegli ultimi anni era diventato quasi un mantra.

Al che, Holly replicò. "Tutti abbiamo una vita complicata."

Rachel annuì con enfasi. "Gliel'avrò detto chissà quante volte. Ma dai, è palese che provi qualcosa per lui. Non farti ostacolare dalla tua vita."

"E Beck mi ha detto che anche Jesse è pazzo di te," dichiarò Maisie.

Le guardai una per una e poi soffermai lo sguardo su Maisie. Capelli ribelli, grandi occhi marroni e il viso puntellato di lentiggini, era proprio adorabile. Ma in quel momento aveva l'aria serissima.

"Scusami, proprio non capisco," mormorai.

Maisie ripeté dunque ciò che aveva detto, senza aggiungere altro.

Amelia eruppe in una risata. "Ah, dev'essere che Charlie non sapeva quanto fosse pettegolo Beck. Santo cielo, è pure peggio di una donna!"

Anche Maisie rise. "Oh, decisamente. Ha parlato di te con Jesse e quando è tornato a casa mi ha raccontato tutto." Sbarrai gli occhi per lo shock, ma lei mi carezzò il braccio. "Non preoccuparti, certe cose non va davvero a dirle in giro. È a *me* che dice tutto, anche quello che preferirei non sapere."

Quel pezzettino del mio cuore che apparteneva a Jesse e che soltanto Jesse voleva cominciò a fare i salti di gioia. Mentre io ero persa tra i miei pensieri, Ella rispose a una telefonata e mi guardò non appena la concluse. "Caleb sta venendo qui con Jesse. Sono appena atterrati, quindi il tempo di fare una doccia e partono."

"Jesse lo sa che sono qui?"

Era come trovarmi in un universo parallelo, in cui

tutti erano onniscienti. Tutti tranne me. Non ero abituata a vivere in una comunità così ristretta.

"Immagino di sì. Caleb mi ha chiesto chi c'è e io gliel'ho detto, quindi..." Mi rivolse un caldo sorriso. Anche lei era proprio bella, con i suoi capelli castani lucenti e gli occhi verdi come il muschio. Era la più pacata del gruppo, ma non le sfuggiva mai nulla.

Rachel pareva al settimo cielo. "Oh, che meraviglia! Quindi puoi bere tutto il vino che vuoi, tanto ci pensa Jesse a portare a casa te e tua madre."

Stava accadendo tutto troppo in fretta. Finalmente avevo trovato il tempo per uscire, ma per qualche motivo mi ero ritrovata circondata da donne che volevano a tutti i costi mettere bocca sulla mia vita sentimentale, per quanto manco io ci capissi qualcosa. Erano come il mio gruppetto di cheerleader personali, pronte a fare il tifo per me.

Capitolo Ventitré

JESSE

Arrivati alla fine del corridoio sul retro del Wildlands, io e Caleb entrammo nella sala principale. I miei occhi schizzarono all'impazzata da una parte all'altra, come un bastone da rabdomante alla ricerca di acqua. E in quel caso, la mia acqua era Charlie.

L'incendio mi aveva tenuto occupato per qualche giorno e il lavoro massacrante era riuscito a distrarmi da lei. Quando avevo letto quel *mi manchi*, per poco non avevo lanciato un urlo di gioia. Mi ero trattenuto giusto perché in presenza della mia squadra.

Trovai Charlie seduta a un tavolo con delle amiche. Vidi che aveva i capelli sciolti e mi scoppiò il cuore. Certo, ciò che provavo per lei andava ben oltre il sesso, ma non potevo comunque negare quanto ardentemente la desiderassi. Bastò uno sguardo per risvegliare i miei istinti più primordiali.

Io e Caleb ci facemmo strada tra i tavoli per raggiungere il gruppo. Lui stampò un bacio delicato sulla guancia di Ella, che lo attirò a sé per il bis. Avrei dato qualunque cosa per poter salutare Charlie allo stesso modo, ma per quello era ancora troppo presto.

Maisie mi sorrise e cambiò posto, invitandomi a sedermi accanto a Charlie. "Tutta tua!" esclamò allegramente.

Le guance di Charlie si tinsero di un rosso delicato quando mi sorrise e il mio cuore prese a battere all'impazzata. Maledizione, quanto mi era mancata. Scivolai al suo fianco, grato che gli altri fossero troppo distratti a salutare i ragazzi che piano piano ci stavano raggiungendo al tavolo.

"Ehi," mormorai.

Sollevò lo sguardo e il grigio dei suoi occhi si fece più intenso. "Ehi. Come stai?"

"Beh, sono contento di essere a casa. Tu?"

Inclinò la testa di lato, pensandoci su. "Mmh, bene, direi."

"Non mi aspettavo di trovarti in giro."

Pensavo fosse a casa a badare a sua madre ed Emily. Avevo già in programma di passare da lei per cena con della pizza. Ma poterla vedere così presto era stata una piacevole sorpresa.

Si fece una risatina. "Non me l'aspettavo manco io, ti dirò. Em passa la notte da Kayla e mia mamma cena da Norma. La settimana scorsa Janet mi ha convinta a fare una prova. Si sta trovando bene e ogni tanto passa anche la sera lì. Più tardi devo passare a prenderla, ma sono riuscita a liberarmi per qualche ora, quindi..." Concluse la spiegazione con un'alzata di spalle e un sorriso le incurvò le labbra.

Maledizione, quanto avrei voluto baciarla.

Holly si sporse verso di me e incrociò il mio sguardo. "Oh, giusto. Poi devi guidare tu. Charlie ha già bevuto due bicchieri di vino. L'avrei riaccompagnata io, ma vivete appiccicati. Non ti dispiace, vero?"

"No, nessun problema," risposi, facendole l'occhiolino. Sorrise entusiasta e Charlie la fulminò con lo sguardo, prima di rivolgersi di nuovo a me.

Si strinse timidamente nelle spalle e mormorò, "Grazie."

Arrivò un cameriere a prendere le ordinazioni e passammo una piacevole serata a chiacchierare e mangiare. Stavo morendo di fame, quindi divorai la cena. Ma nulla era più delizioso della presenza di Charlie al mio fianco. Solitamente, dopo una missione tornavo a casa soddisfatto ma esausto. Anche quell'ultima settimana avevo faticato come un mulo, ma lei riusciva come a risucchiare via tutta la stanchezza.

A fine serata, Charlie mi diede un leggera gomitata per attirare la mia attenzione. "Ehi, dovremmo andare," mi disse, avvicinandosi per farsi sentire sopra il brusio.

Mi voltai e i nostri sguardi si incontrarono. La tentazione di baciarla era fortissima, ma sapevo che non avrebbe apprezzato un gesto così intimo in pubblico. Almeno, non ancora.

"Quando sei pronta, io ci sono," replicai, senza riuscire a resistere all'impulso di carezzarle la coscia e strizzarla piano. La sentii trattenere il fiato e un brivido di soddisfazione mi pervase. Amavo vedere che forse, e dico forse, anche lei era pazza di me quanto io di lei.

Qualche minuto dopo, uscimmo sotto il cielo dipinto dal tramonto. Il lago di Swan si estendeva davanti a noi, oltre il parcheggio sul retro del Wildlands.

Il sole stava svanendo all'orizzonte, sopra le cime dei monti. L'oscurità stava lentamente cancellando le sfumature di rosso e arancione, che facevano brillare la superficie dell'acqua.

Charlie si fermò al mio fianco e portò indietro la

testa per ammirare il cielo. Quando si voltò a guardarmi, la presi per mano senza la minima esitazione. Il bisogno fisico di toccarla era ormai diventato urgente.

Il sorriso che le illuminò il viso parve un raggio di sole dopo giorni di pioggia. Grazie al cielo durante quella settimana di lavoro il tempo per pensare a lei era stato molto poco. Eravamo riusciti a mettere in sicurezza la zona, ma soltanto dopo ore e ore passate a creare fasce tagliafuoco e grazie al supporto aereo.

Ma il fuoco che ardeva tra me e Charlie era ancora più devastante. Poterla toccare di nuovo riaccese le sue fiamme dormienti. Sapendo che ormai non sarei mai più riuscito a estinguerlo, potevo giusto provare a contenerlo.

Con la sua mano ben stretta nella mia, la portai al pick-up. Le aprii la portiera del passeggero, ma la fermai prima che entrasse. "Charlie..."

Sollevò lo sguardo e mi infilai tra le sue ginocchia, prendendole una ciocca di capelli tra le dita.

"Quindi ti sono mancato?" le domandai.

I suoi occhi mostrarono prima meraviglia e poi desiderio. La vena sul collo prese a batterle all'impazzata. Quando si passò la lingua sul labbro inferiore, per poco non ci rimasi secco.

"Sì," rispose infine, la voce roca.

Non riuscivo più a trattenermi, dovevo assolutamente baciarla. Le intrecciai le dita ai capelli, poggiando il pollice sulla pelle morbida della guancia. Un attimo dopo, catturai la sua bocca con la mia.

Una scossa mi attraversò come un violento schiocco di frusta. Dalle nostre labbra divampò un fuoco che ci avvolse completamente.

Charlie mi avvolse una mano attorno alla vita, inarcando la schiena verso di me. Le nostre lingue presero a danzare insieme e un gemito le sfuggì sulla mia bocca. Per un istante mi persi nel suo profumo, nel calore della sua bocca così dolce.

Una porta si richiuse con violenza alle nostre spalle, spezzando la magia del momento. La lasciai dunque andare, anche se con estrema riluttanza, e incrociai il suo sguardo. "Molto bene, mi fa piacere," mormorai. "Perché mi sei mancata anche tu."

Charlie non disse nulla, ma negli occhi le balenò un qualcosa che non avrei saputo identificare. Stava cercando di abbassare le sue difese, per quanto difficile fosse. Ma non con me, più per permettere a sé stessa di ammettere che tra di noi ci fosse qualcosa di innegabile.

Andai a sedermi al volante, con una destinazione precisa in mente. Fu un viaggio molto silenzioso. Charlie non mi chiese neanche dove stessimo andando, sapendo di avere ancora un'ora libera prima di dover andare a prendere sua madre. Ero intenzionato a trarre il massimo da ogni minuto passato da solo con lei.

Poco dopo, svoltai in una stradina laterale immersa tra gli alberi, per arrivare in una radura con un laghetto. Charlie cadde dalle nuvole e mi guardò con aria assolutamente sorpresa.

"Dove siamo?"

Un sorriso mi incurvò le labbra. "Giusto un posticino dove possiamo avere un po' di privacy. Stavo per portarti a casa, ma trovo che qui sia più bello."

In realtà avevo paura che tornando verso casa mi avrebbe chiesto di passare subito a prendere sua madre, ma quello non glielo dissi. E non le dissi nemmeno che avevo disperato bisogno di lei. Avevo pur sempre il mio orgoglio.

Charlie si fece una risata, il suono melodioso che

rimbombava contro le pareti del mio cuore, alimentando le fiamme del desiderio che mi ardeva dentro.

Occhi negli occhi, l'aria si fece pesante come prima di una tempesta, carica di una potenza devastante che nessuno sarebbe stato in grado di contenere.

Il mio pick-up aveva i sedili a divanetto, perfetti per l'occasione. Scivolai dunque verso di lei e la presi in braccio. Senza perdere un colpo, Charlie sospirò e si accomodò sull'erezione già notevole. Sollevò una mano e mi carezzò il sopracciglio, facendo scendere le dita lungo il viso per arrivare alle labbra. Le presi un dito tra i denti, strappandole un versetto gutturale. Maledizione, riusciva sempre a farmi impazzire.

Poi le nostre bocche si trovarono e cominciammo a divorarci, tra morsi e baci. Le sue mani erano dappertutto, ma pure le mie. Non so come, non so quando, ma avevo la camicia aperta e Charlie mi stava sbottonando i pantaloni. Un grugnito profondo mi lasciò la gola e quando liberò l'erezione si spostò, per prenderla in bocca. Dovetti intrecciarle le dita ai capelli per tenermi ben ancorato alla realtà, altrimenti mi avrebbe fatto impazzire sul serio.

La guardai e notai con estremo disappunto che indossava ancora i leggings. Senza perdere un secondo di più, glieli sfilai e feci scivolare una mano tra le cosce. La trovai già bagnatissima e pronta per me. La penetrai con le dita e spinse i fianchi verso la mia mano, impaziente. Ormai stavo raggiungendo il limite e avevo il disperato bisogno di farla mia.

Mormorai il suo nome e si sollevò. In quel momento era bellissima... Le labbra gonfie, le guance arrossate e i capelli tutti scompigliati. Bastò quasi quella visione celestiale a farmi venire. Si tolse la camicetta e il reggiseno. I capezzoli turgidi sembravano chiedere attenzioni, quindi mi sporsi verso di lei e con la lingua ne tracciai i contorni di uno. Presi a stuzzicarlo con i denti, strappandole un delizioso grido di piacere.

Sollevai la testa e trovai il suo sguardo. "Ho bisogno di te. Subito."

Un attimo dopo si sfilò del tutto i leggings, calciandoli via insieme alle mutandine. Poi si mise a cavalcioni su di me, senza mai distogliere lo sguardo. Prese il membro tra le dita e lo guidò nel suo canale umido e accogliente.

Rovesciai indietro la testa con un grugnito quando arrivò fino in fondo, agitando leggermente i fianchi per prenderlo meglio.

"Cazzo, Charlie. Quant'è bello."

Sospirò piano e mi si strinse il cuore.

Capitolo Ventiquattro

CHARLIE

Guardai Jesse dritto negli occhi, colmi di desiderio quanto i miei. Il mio cuore martellava con violenza contro la cassa toracica e facevo fatica a respirare. Quell'incredibile sensazione di pienezza mi provocò un piacere immenso, che faceva fremere ogni centimetro del mio corpo.

Non riuscivo a distogliere lo sguardo, non che volessi farlo. Dai finestrini filtravano gli ultimi raggi del sole. Sembrava quasi fossimo gli ultimi due esseri umani sulla faccia della Terra, avvolti nella nostra piccola bolla di desiderio e intimità.

Una carezza di Jesse lungo la schiena accese tutte le terminazioni nervose e un brivido mi pervase. Le nostre lingue continuavano a danzare, mentre affondava le dita nella carne del fianco. Impaziente, cominciai a muovermi su e giù, la frizione tanto sensuale da farmi venire le vertigini. Ormai Jesse era diventato la mia droga, non riuscivo mai ad averne abbastanza.

Con lui era così facile lasciarsi andare. Facile e bellissimo. Ogni sua spinta mi scatenava dentro un piacere immenso. Per quanto il ritmo dei nostri movimenti fosse lento, dentro di me il desiderio stava esplodendo selvaggio, incontrollabile come un fiume in piena. Avevo bisogno di Jesse, di godere e di farlo godere. La pressione dentro di me prese ad aumentare, un'onda che cominciai a cavalcare.

Quando Jesse mormorò il mio nome, guidando i miei movimenti, raggiunsi la cresta di quell'onda. L'orgasmo mi travolse come un'onda anomala e mi lasciò completamente senza fiato.

Mi sentii indistintamente urlare il suo nome e un secondo dopo anche lui esplose dentro di me con un'ultima spinta, stringendomi forte tra le braccia. Con un grugnito soddisfatto, il corpo rigido si rilassò.

Lasciai cadere la testa sulla sua spalla, il respiro affannato, e prese ad accarezzarmi dolcemente la schiena. Sarei rimasta volentieri lì così per tutta la vita, la pelle sudata contro la sua, congiunti al livello più intimo possibile.

La sua voce mi riportò violentemente alla realtà.

"Charlie?"

"Mmh?" mormorai sulla sua spalla.

"Mi sa che ti sta vibrando il telefono," rispose, la voce rauca, passandomi la mano tra i capelli.

Sollevai a malincuore la testa e lo guardai. Cristo, quanto era bello. I capelli colore dell'ambra, gli occhi di un meraviglioso verde profondo e i lineamenti decisi messi in risalto dal gioco di luci e ombre. Mi fermai ad ammirare il viso, facendo poi scorrere lo sguardo sul petto muscoloso. Un fisico come il suo era sexy da morire perché per lui non era un vanto, ma il frutto del duro lavoro di un hotshot.

La visione mi fece dimenticare ciò che mi aveva appena detto.

Un sorrisetto gli incurvò la bocca e uno stormo di

farfalle mi invase lo stomaco. Sapevo che doveva significare qualcosa, perché con lui mi sentivo sempre troppo rilassata, troppo appagata. E soltanto lui riusciva a farmi sentire così.

"Che hai detto?"

"Il telefono," ripeté.

"Oh."

Scossi la testa per riprendermi. Non volevo muovermi, quindi cercai la borsa con lo sguardo. Allungai un braccio per raccoglierla da terra, tirandola per la cinghia. Con un improvviso senso di ansia, presi il telefono e sbloccai lo schermo.

"Oh, è Norma. Dice che mamma ha cenato e che possiamo passare a prenderla quando vogliamo."

Guardai Jesse, sapendo che probabilmente avrei dovuto dire qualcosa, ma senza sapere cosa dirgli. Lui mi studiava il volto in silenzio. Qualunque cosa gli fosse passata per la mente, decise di tenersela per sé.

Dopo esserci rivestiti, Jesse si allontanò da quel posto magico che non avrei proprio voluto lasciare.

Il resto della serata fu molto meno romantico. Andammo a prendere mia madre, a cui fece proprio tanto piacere rivedere Jesse. Tornati a casa, una morsa mi strinse il cuore quando realizzai che quei momenti così magici con Jesse non sarebbero stati la norma. E dovevo tenerlo bene a mente.

Portai mamma dentro e rubai un bacio fugace a Jesse sulla porta. Più tardi, da sola nel mio letto, mi ritrovai a fissare il soffitto mentre cercavo di mettere ordine tra le idee. Avrei tanto voluto potermi addormentare al suo fianco, ma quel bisogno così viscerale mi metteva a disagio. Prima di tutto dovevo capire se nella mia vita c'era davvero spazio per una storia d'amore.

Bel modo di terminare una giornata così speciale.

Dopo quell'avventura nel suo pick-up, ero tornata alle mie vecchie abitudini, permettendo di nuovo all'ansia di soffocarmi.

CHARLIE

Era un pomeriggio di lavoro più caotico del solito. Squillò il telefono, ma non avevo proprio il tempo materiale per rispondere. Qualche minuto dopo, Rachel bussò alla porta della sala visite, in cui mi trovavo con un paziente.

La invitai a entrare e la sua testa fece capolino nella stanza. "C'è la signora Stan al telefono," mi disse.

Le lanciai un'occhiata confusa. Ormai mia madre passava le giornate da Norma e non mi aveva mai chiamata durante l'orario di lavoro. Lei sembrava divertirsi e io sentivo finalmente di poter respirare di nuovo.

Rachel inarcò un sopracciglio, come se stesse cercando di dirmi qualcosa che però non sapevo come interpretare. Dopo aver finito la visita, tornai nel mio ufficio insieme a lei.

"Che diamine sta succedendo?"

"In realtà non si tratta di tua mamma, ma non sapevo come altro attirare la tua attenzione."

"Allora che succede?" le chiesi, cominciando a preoccuparmi.

"Ha chiamato la preside di Emily. Non riescono a trovarla."

Mi sentii come se stessi precipitando e un senso di angoscia mi chiuse lo stomaco. Provai subito a richiamare, rischiando per ben due volte di far cadere il cellulare. Rachel nel frattempo restò a farmi compagnia.

"Sì, salve, sono Charlie Lane, chiamo per Emily Lane," dissi appena mi risposero dalla segreteria della scuola.

"Oh, solo un secondo," replicò la segretaria.

Imprecai tra me e me, ma non potevo farmi prendere dall'ansia.

Partì una musichetta allegra, che si fermò quando rispose la preside Anderson. "Salve, dottoressa Lane, come va?"

"Dov'è Emily?" le domandai, saltando completamente le formalità.

"Beh, speravamo potesse dircelo lei. Ogni volta che non si presenta alle lezioni pomeridiane abbiamo sempre ricevuto una giustificazione. Ma oggi non ha presentato nulla e se n'è andata dopo pranzo."

Paura, angoscia e rabbia mi esplosero dentro tutte insieme. No, io non avevo mai scritto alcuna giustificazione per Emily, ma in quel momento la questione più urgente era un'altra. Dovevo assolutamente scoprire dove si fosse cacciata.

"Ehm, d'accordo..." Mi fermai perché non sapevo che cazzo dirle. In quel momento mi sarebbe piaciuto proprio tanto avere quel magico manuale di istruzioni e andare alla voce *Cosa dire a un preside quando scopri che tua nipote continua a saltare le lezioni presentando a scuola giustificazioni false.*

Dopo qualche attimo di silenzio, intervenne la signora Anderson. "Emily è una brava ragazza e ha tutti voti eccellenti. È per questo che non le ho telefonato prima per presentarle il problema delle assenze.”

Non sapevo proprio cosa dire e rimasi lì impalata a fissare Rachel, in preda al panico. Mi raggiunse e posò una mano sulla mia spalla, stringendola dolcemente. Come se potesse davvero aiutarmi. Certo, sicuramente ci stava provando con tutto il suo cuore, ma trovai la situazione alquanto comica. Dovetti quasi trattenere una risata per l’assurdità della vicenda.

Alla fine, dissi, “Le dispiace se vengo a parlarle di persona? Magari così riusciamo a risolvere insieme la situazione.”

“Volentieri, con molto piacere,” rispose con educazione.

In fondo, cos’altro avrebbe potuto dirmi?

“Tra poco finisce l’ultima ora, quindi le conviene aspettare come minimo quindici minuti per evitare la calca.”

“D’accordo, allora a più tardi.”

Chiusi la chiamata e lanciai un’occhiata a Rachel. “Em salta le lezioni pomeridiane e porta giustificazioni false. A quanto pare, oggi se n’è dimenticata e ha lasciato comunque la scuola,” le rivelai con un sospiro. Mi passai le mani sul volto prima di continuare. “E ora che accidenti faccio?”

“Non credo ci sia alcuna emergenza, sai,” mi disse in tono pacato.

“In che senso?”

“Tu hai mai marinato la scuola?”

La fissai e alla fine scossi la testa lentamente. “No, in realtà no.”

Rachel inarcò un sopracciglio, sorpresa, e scosse la testa. “Beh, io invece sì. Una marea di volte.”

Feci un bel respiro profondo, trovando la cosa alquanto bizzarra.

"Ti conviene chiamarla. E subito," mi suggerì.

Presi di nuovo il telefono e cliccai sul suo contatto. Aspettai e rispose al terzo squillo.

"Ehi, che succede? Sta per suonare la campanella."

Scoppiai subito per la frustrazione. "Oh, lo so. Ma tanto tu non sei lì, quindi non vedo che importanza abbia."

Al mio commento, calò il silenzio più assoluto.

"Dove sei, Em?"

Mormorò qualcosa.

"Em," ripetei, in tono minaccioso. "Mi ha appena chiamata la preside. So che porti giustificazioni firmate da *me* per non seguire le lezioni pomeridiane. Beh, oggi l'hai dimenticata. Quindi dimmi *subito* dove sei."

Sospirò in modo quasi teatrale e riuscii praticamente a immaginarmi la sua faccia.

"E va bene. Sono in compagnia."

"Di chi? Kayla?" le chiesi, speranzosa. Perché almeno Kayla la conoscevo.

Seguì un altro lungo e drammatico sospiro. "No," mormorò. "Sono con Aaron."

Aaron? Chi accidenti sarebbe questo Aaron?

In preda a una furia cieca, avrei voluto bombardarla di domande su questo misterioso Aaron, ma non era il momento.

"D'accordo. E dove sei?" le chiesi.

"Qui a scuola, sotto le gradinate. Tranquilla, non passiamo il tempo a pomiciare, è solo un amico."

Altro argomento di cui discutere più avanti. "Molto bene. Tra venti minuti sono lì. Mi aspetto di trovarti nell'ufficio della preside."

Sospirò per l'ennesima volta e chiusi la chiamata per telefonare alla preside e riferirle ciò che avevo scoperto.

Mi richiamò qualche minuto dopo per informarmi che li avevano beccati a fumare sotto le gradinate.

Rachel lo trovava esilarante, mentre io ero furiosa. Non avevo certo scordato le giustificazioni false per saltare le lezioni. Sarebbe stato proprio bello avere qualcuno al mio fianco con cui poter gestire la situazione. Avrei tanto voluto poter telefonare a mia sorella e chiederle consiglio. Ma Karen non poteva più prendersi cura della sua bambina, quella bimba che aveva tanto amato e adorato e che ormai era cresciuta. Ormai aveva quindici anni e aveva deciso di saltare la scuola per fumare con qualche ragazzetto.

Probabilmente il fatto che sua figlia avesse cominciato a fumare non sarebbe bastato a farla rigirare nella tomba. Ciò che le avrebbe fatto più male erano le sue menzogne. Sapevo che si sarebbe infuriata tanto quanto me.

Guardai Rachel e gettai il telefono sulla scrivania. Poi mi sciolsi i capelli e Jesse volteggiò tra i miei pensieri. Ormai era diventata un'abitudine che probabilmente non avrei perso tanto facilmente Ma scossi via quei pensieri, riportando l'attenzione sul problema attuale.

"Potresti dire tu al dottor Johnson che ho avuto un'emergenza? E magari anche a Sandy di spostare gli appuntamenti che mi sono rimasti? Devo andare a scuola e non credo di tornare neanche più tardi. Ho bisogno di tempo per parlare con Em."

Rachel annuì con comprensione. "Certo." Mi abbracciò forte e mi strinse in modo rassicurante le spalle. "Ehi, è una normalissima fase adolescenziale, non è poi la fine del mondo."

"Lo so," replicai, cercando di sciogliere il groviglio di emozioni che mi si agitava dentro: ansia, rabbia, sconforto, il tutto mescolato a un senso di colpa e alla paura di avere in qualche modo deluso Emily. "Grazie per il supporto morale. Ora vado."

———

Quella sera, dopo un pomeriggio alquanto disastroso, ero seduta a tavola davanti a Emily. Era furiosa perché avevo rivelato alla preside dove si erano rintanati lei e il suo amico. Si era cacciata in guai grossi e mi riteneva comunque responsabile. Ne aveva fatto una tragedia, manco le avessi rovinato la vita.

Mia madre era andata a dormire, mentre Emily stava finendo di fare i compiti, rifiutandosi categoricamente di parlarmi. Sinceramente, non poteva fregarmene di meno. Avevo tutti i miei buoni motivi per essere furiosa. Dopo ore di scena muta, decisi che era arrivato il momento di spezzare il silenzio, che le piacesse o meno.

"Vado dritta al punto. Mi hai delusa molto, Em. Il tuo comportamento è inaccettabile. Non solo hai saltato la scuola e hai cominciato a fumare, ma hai mentito e presentato delle giustificazioni false per passarla liscia," dissi piattamente, la voce che tremava per la rabbia. Em sospirò profondamente. "Metti giù il tablet e guardami, per favore."

Lo fece, però senza guardarmi. "Ma perché devi sempre fare un dramma per ogni cosa?" mormorò.

"Perché ti voglio bene! È una cosa seria, Em. Non puoi fare bravate simili e pensare di poterla scampare!"

"Seria un corno!" esclamò con rabbia. "Ho solo saltato qualche lezione e fumato qualche sigaretta. Non sei mia madre! Lei non avrebbe dato di matto così." Detto ciò, si alzò e mi guardò, gli occhi cupi e le guance arrossate.

Il suo commento mi aveva lasciata senza parole.

Era come se mi avesse appena pugnalata al cuore. Un attimo dopo, si voltò e corse al piano di sopra, sbattendosi la porta alle spalle.

Io rimasi come paralizzata, la rabbia che si scontrava con il dolore causato da quelle parole che mi aveva sputato addosso. Mi ripresi dallo shock soltanto quando una lacrima mi scese sul viso. Andai dunque a prendere un fazzoletto per soffiarmi il naso. Sinceramente, non avevo idea di come avrebbe reagito mia sorella in quella situazione. Dentro di me lo sapevo quanto fosse facile per Emily mettere a confronto me e sua madre. Da una parte aveva ragione, eravamo diverse e quindi magari non l'avrebbe presa tanto male quanto me. Ma ormai lei non c'era più. Ero rimasta soltanto io e dovevo trovare un modo per andare avanti.

Con l'ansia che mi dilagava nel petto, mi costrinsi a salire di sopra. Non potevo lasciar correre. Bussai piano alla porta e rimasi in attesa. Qualche attimo dopo, mi invitò a entrare, la voce quasi un sussurro che percepii a malapena.

Entrai in camera e quando la vidi mi si spezzò il cuore. Era seduta sul letto, le braccia strette attorno alle gambe portate al petto. Emanava un'aura di malinconia. Ma tutta quella tristezza era normalissima. Aveva dovuto dire addio prima a suo nonno e poi a sua madre in così tenera età. Era stato un colpo terribile pure per me, che ero adulta, figuriamoci per una ragazzina di soli tredici anni che non poteva nemmeno contare sul supporto di una figura paterna.

Poi sua zia, dopo un colpo di genio, aveva deciso di trascinarla dall'altra parte del Paese. Ai tempi l'avevo fatto anche per allontanarla dalle cattive compagnie che aveva fatto a Boston. Fumare sotto degli spalti della scuola era una bazzecola in confronto alle attività di quel gruppetto. Ma sapevo non bastasse come giustificazione. Non avevo tenuto in conto quanto sarebbe stata dura per lei. C'erano volte in cui avrei voluto poter tornare indietro nel tempo e prendere decisioni più ponderate.

La morte di mio padre era stata un brutto colpo, ma in fondo ce l'aspettavamo ed eravamo pronti all'eventualità. Ma la notizia del cancro di Karen mi aveva sconvolta nel profondo, tanto inaspettata quanto dolorosa. Conoscevo fin troppo bene le tristi percentuali legate alla sua diagnosi. Aveva colto tutti impreparati, soprattutto Emily.

Poi l'avevo sradicata dalla sua casa per portarla in un posto assolutamente sperduto. Ormai non si poteva più tornare indietro, ma speravo almeno di trovare un modo per rendere la sua vita più piacevole. Avevo così tanta paura che vedesse sua nonna come un fardello perché chissà quante volte avevo fatto affidamento su di lei. Ma in realtà erano molto unite e quel legame così profondo l'aveva aiutata tanto. Speravo almeno che portando mia madre da Norma le avessi tolto un peso dalle spalle.

Con quel turbine di pensieri per la mente, fissai Emily. "Lo so che fa male, ma voglio che tu capisca i tuoi errori," le dissi, facendomi forza.

Incrociò il mio sguardo e annuì lentamente. "Ok..."

Ero talmente pronta all'impatto che quella reazione così docile mi lasciò destabilizzata. "D'accordo," replicai. "Aspettiamo la decisione della preside e poi pensiamo alle conseguenze. Sappi che quel commento su tua madre lo capisco bene. Non so..."

Sospirò di nuovo e mi fermai. Se fosse esistito un campionato di sospiri, Emily avrebbe senz'altro vinto la medaglia d'oro.

Scosse con decisione la testa. "Non avrei dovuto

dirlo. In realtà non so cos'avrebbe detto la mamma, ma immagino si sarebbe arrabbiata pure lei."

Feci un bel respiro profondo. "So che non ti sto dedicando abbastanza tempo..."

Un altro sospiro e mi fermai a guardarla.

"Oddio, di nuovo quella storia? Non me ne frega nulla di Jesse. Come faccio a fartelo capire?"

Mi avvicinai per sedermi ai piedi del letto. "D'accordo. Allora qual è il problema?"

Em sollevò le braccia e le lasciò cadere sul letto con un tonfo. "Il problema sono io! Non mi sto giustificando, ma è pieno di ragazzi che saltano le lezioni e fumano," rispose, alzando gli occhi al cielo.

Evitai di menzionare che Rachel aveva detto praticamente la stessa cosa. Ma per me non era comunque una giustificazione valida. La guardai, con un'alzata di spalle. "E tutti quei ragazzi ne pagano le conseguenze. So che metterti in punizione non risolverebbe nulla, ma la preside stava consigliando attività di volontariato. Vediamo un po' cosa ci dice e poi deciderò se punirti pure io. D'accordo?"

Em si avvolse di nuovo le braccia attorno le gambe e annuì, sbattendo il mento sulle ginocchia. Abbastanza soddisfatta, mi alzai e andai alla porta. "Vedi di scendere per cena, intesi?"

Lei annuì di nuovo e me ne andai, chiudendomi la porta alle spalle.

Il problema era che proprio non sapevo come muovermi in quelle situazioni. Avevo come la sensazione di fare tutto a metà, ottenendo sempre mezzi-fallimenti come risultato.

Dopo aver conosciuto tutte le amiche di Rachel e Holly a cena, mi ero resa conto di quanto poco spazio ci fosse nella mia vita per dedicarmi a qualunque altra cosa e ampliare le mie relazioni sociali.

JESSE

La polvere si sollevò da terra quando l'elicottero atterrò dietro alla caserma di Willow Brook. La stagione degli incendi si preannunciava intensa. Ma per noi hotshot lo era ogni anno. L'Alaska era uno Stato enorme, ma rispondevamo alle emergenze anche al di fuori del territorio. Con gli anni, la situazione sulla costa occidentale non aveva fatto che peggiorare. Il cambiamento climatico aveva portato estati sempre più calde e aride. Per non parlare della piaga dei coleotteri che avevano ucciso ettari ed ettari di foresta, lasciandosi dietro tutta legna da ardere.

Quella missione in particolare era servita a mettere in sicurezza alcune delle zone considerate più a rischio. Nonostante gli incendi per eliminare i terreni più pericolosi fossero controllati e gestiti da noi, si era rivelato comunque un lavoro massacrante. Ero esausto, non vedevo l'ora di farmi una doccia calda e Charlie mi mancava da impazzire.

Scesi dall'elicottero dopo Caleb, con Ward alle mie spalle. Ella stava aspettando suo marito nel parcheggio e corse da lei per prenderla tra le braccia. Anche Ward raggiunse in tutta fretta Susannah, sua moglie, quando ci raggiunse fuori dalla caserma. Reggeva tra le braccia Wayne, il loro bambino. Quando arrivò da lei, le stampò un bacio fugace sulle labbra e prese Wayne, per poi sollevarlo in aria con un sorriso raggiante. Diciamo che Ward non era tra le persone più allegre che conoscessi, ma sua moglie riusciva sempre a tirare fuori il suo lato più tenero.

Dato che non mi piaceva starmene a fissare gli altri, li superai ed entrai in caserma, puntando dritto alle docce.

Fortuna voleva, o nel mio caso sfortuna, che quel pomeriggio non ero riuscito a contattare Charlie. E così dopo la doccia seguii i ragazzi al Wildlands per cena e poi tornai direttamente a casa. Mentre non c'ero, a Waffle aveva badato mia madre, Frannie, Quando parcheggiai nel vialetto, stavano giusto tornando da una passeggiata.

Quando mi vide, sfoderò un enorme sorriso. "Oh, Jesse! Sei tornato."

"Ciao, mamma," replicai, avvicinandomi ad abbracciarla, mentre Waffle prese a correrci intorno.

Mi chinai dunque ad abbracciare e coccolare anche lei. "Mi sei mancata, piccoletta. Come stai?"

Waffle rispose leccandomi il mento e scodinzolando come una matta. Mi sollevai ed entrai in casa con mia madre. "Immagino sia andato tutto bene," commentai, lanciando le chiavi sul tavolo.

Mia madre si poggiò al ripiano. "Certamente. Waffle è una cagnolina deliziosa."

Avevo preso i capelli ambrati e gli occhi verdi proprio da lei. I suoi erano poco più lunghi dei miei e ormai con qualche striatura argentata. Quel giorno li aveva raccolti in una coda di cavallo frettolosa. Aveva lavorato per anni con mio padre, aiutandolo nella gestione di una piccola attività di pesca, e si occupava della contabilità di altre piccole realtà di Willow Brook.

Mi ero sempre chiesto com'è che facessero a sopportarsi così tanto, ma poi avevo conosciuto Charlie. Stare con lei era così semplice, nonostante in quell'equazione non ci fosse soltanto lei.

Mia madre mi guardò intensamente e inclinò la testa di lato. "Dunque, ho saputo da Janet che frequenti qualcuno."

Grazie al cielo avevo il viso nel frigorifero per prendere una birra, quindi non poteva vedere la mia espressione. Non che me la fossi presa con Janet, ma in generale ero comunque una persona piuttosto privata. Mi voltai aprendo la bottiglia e guardai mia madre dopo aver bevuto un sorso.

"Beh, allora qui abbiamo chiuso la conversazione. Tanto immagino ti abbia già detto tutto lei."

Portò indietro la testa con una sonora risata e poi mi sorrise. "Sai che Janet tiene molto a te. E mi sembra di aver capito che questa Charlie le piaccia molto, quindi perché non mi parli di lei?"

Poggiai i gomiti sul bancone e cominciai a giocherellare col tappo della bottiglia. "Beh, vive qui accanto con sua nipote e sua madre." Mi fermai a indicarle la direzione. "Ed è la nuova dottoressa alla clinica del dottor Johnson. Mi piacerebbe tanto dirti che usciamo insieme, ma diciamo che per il momento non c'è nulla di ufficiale."

Un sorriso raggiante le aprì il volto. "Oh, Jesse, non sai quanto mi piacerebbe. Aspetto da tanto che trovi la persona giusta."

Oh, caspita. Non me lo sarei mai aspettato. E sicuramente riuscì a leggermelo in faccia.

"Oh, ma piantala, insomma. Hai trentaquattro

anni, è normale che voglia vederti con qualcuno che ami davvero. E non mi dispiacerebbe avere qualche nipotino. In giro ho sentito solo cose belle su Charlie, quindi sono ottimista."

Sospirai e alzai gli occhi al cielo. "Ma dai, mamma. Ti basi davvero sul gossip per farti un'idea degli altri? Non mi sembra molto saggio."

Si strinse nelle spalle, restando impassibile. "Non do mica retta a tutti i gossip, sai. Ma di Janet ci si può sempre fidare. In una comunità così piccola lo scopri subito se qualcuno ha la puzza sotto al naso. Se invece non gira neanche un commento negativo è un ottimo segno. Agli occhi di Janet è una ragazza meravigliosa."

"Beh, mi fa piacere sapere che ho il supporto di Janet. Ma facciamo che rimandiamo la conversazione a quando riesco a trasformare tutti questi *forse* che ci sono tra noi due in realtà."

La guardai, riuscendo praticamente a vedere le rotelle nella sua testa che giravano. "Da quello che ho capito, ha una vita piuttosto complicata. Janet mi ha detto che ha adottato sua nipote e che deve anche prendersi cura di sua madre."

Per quanto fosse vero, mi misi subito sulla difensiva. "E quindi? E se anche fosse? Cambia per caso qualcosa?" replicai, gelido.

Mia madre si spinse via dal bancone per venire ad abbracciarmi. Dopo una carezza sul viso, mi lasciò andare. "Beh, vedo che per te è una persona speciale. Sei il mio unico figliolo, credo di essere stata abbastanza paziente."

Mi feci una risata perché aveva proprio ragione. L'altro commento però lo ignorai, non sentendomi ancora pronto a parlarle dei miei sentimenti per Charlie. In realtà, perfino io stavo ancora provando a dare un senso a tutto quanto.

Quando mia madre se ne andò, decisi di prendere Waffle e passare a trovare Charlie. Ma, non trovando nessuno in casa, la mia curiosità schizzò alle stelle. Non mi aspettavo certo che mi tenesse aggiornato sui suoi spostamenti, ma la sua solita routine un poco la conoscevo.

Stavo iniziando a preoccuparmi. Era da un po' che non si faceva sentire e cominciavo a temere di averla in qualche modo allontanata. Però ormai avevo capito cosa volevo, ovvero che tra di noi ci fosse qualcosa di reale e definito.

Tornai a casa e mi buttai sul divano con Waffle. Lei si appisolò al mio fianco mentre cercavo qualcosa da guardare, ma alla fine mi ritrovai a scrivere di nuovo a Charlie. Avevo bisogno di sapere con certezza se mi stava ignorando o meno. Grazie al cielo rispose, dicendomi brevemente che si trovava ad Anchorage con sua madre e che sarebbero rimaste qualche giorno lì.

Sta bene?

La risposta rapida e vaga non fece che alimentare le mie inquietudini.

Dovrebbe. Ha la febbre e una brutta tosse, e visto che non riuscivamo a liberarcene il dottor Johnson ha consigliato alcuni esami di controllo. È un momento ancora più caotico del solito. Ci sentiamo quando torno.

Non ero un medico, ma se l'aveva dovuta portare fino ad Anchorage c'era per forza qualcosa che non andava, o no? Anche Willow Brook ce l'aveva un ospedale, per quanto piccolo. In città di solito si andava per esami più specifici e interventi chirurgici.

Per quanto potesse essere assurdo, provai una certa frustrazione nei suoi confronti. Ce l'avevo con lei perché mi stava allontanando e con me stesso per aver permesso che tra di noi andasse a finire così.

Presi di nuovo il telefono dal tavolino e scrissi a Holly.

Per caso tu sai cos'ha la madre di Charlie?

Rispose poco dopo.

Sì. Allora, ha un'infezione ai polmoni e potrebbe trattarsi di polmonite. Charlie l'ha portata ad Anchorage perché lì sono più preparati e qui siamo al completo. L'ha portata all'ospedale proprio oggi.

All'ospedale? Ma che cazzo stava succedendo? Stavo cominciando a preoccuparmi seriamente per Olive.

Ascolta, posso chiamarti?

Certo. Ora?

Sì.

Holly rispose subito. "Ehi, ciao. Come va?"

Mi resi conto soltanto in quel momento che non avevo la minima idea di cosa dirle.

Quando non risposi, spezzò il silenzio. "Oh, mi hai chiamato impulsivamente, eh? Fammi indovinare... Sei preoccupato per Charlie e vuoi fare qualcosa perché un vero uomo non riesce a starsene con le mani in mano. Beh, ho ragione?"

Scoppiai a ridere. Aveva proprio colto nel segno. "Diciamo di sì. Stavo pensando di andare ad Anchorage. Sai per caso qual è l'ospedale?"

Holly sospirò. "Oh, Charlie non te l'ha detto?"

"No, mi ha giusto accennato che sono in città per qualche esame di controllo. Senti, ti dirò la verità. Charlie mi piace, ok? E molto. E ora sono preoccupato per Olive ed Emily."

Dopo una pausa, Holly fece una risatina. "Io gliel'avevo detto, ma non voleva proprio credermi. Ma manco io pensavo fossi così cotto."

Quel commento mi lasciò un poco perplesso, ma

non avevo tempo da perdere. "Sì, avevi ragione. Dimmi dove sono, così posso andare da loro."

"D'accordo, sono al Providence Hospital. Poi fammi sapere come trovi Olive, ok?"

"Ci puoi contare," conclusi, per poi terminare la chiamata.

Ero indeciso se lasciare Waffle a casa o portarla con me. Alla fine optai per portarla fino in città e poi lasciarla da un amico che viveva lì e che aveva adottato uno dei suoi cuccioli. Buttai un cambio di vestiti in uno zaino, diedi a Waffle da mangiare e dopo aver messo da parte alcune crocchette mi misi in viaggio.

Raggiunta l'autostrada telefonai al mio amico Ben per avvisarlo e in nemmeno un'ora raggiunsi casa sua. Viveva a sud della città, tra le colline. Per raggiungerlo avevo superato la zona dell'ospedale, ma non me la sentivo di lasciare Waffle in auto.

Mi fermai nel vialetto e scesi col cane. "Ehi, Ben," lo salutai, raggiungendolo sul portico. "Grazie per la disponibilità, davvero. Forse mi serve pure un posto per passare la notte, se non ti dispiace."

Ben mi fece l'occhiolino e carezzò la schiena di Waffle. "Ma certo, bello, nessun problema. Tutto bene?"

Io e Ben ci eravamo conosciuti a Fairbanks. Prima compagni di scuola alle superiori e poi colleghi di lavoro all'oleodotto. Poi lui si era trasferito ad Anchorage, dove aveva avviato un'agenzia di visite guidate. Era un ottimo amico e su di lui si poteva sempre contare.

Mi strinsi nelle spalle prima di rispondere. "Spero di sì. Sono venuto a trovare una mia amica che ha portato la madre in uno dei vostri ospedali."

Ben inclinò la testa su un lato e si passò la mano tra

i capelli scuri e corti. "Non mi sembra un'amica come un'altra."

Mi scappò da ridere. "Infatti è la mia ragazza."

Come pronunciai quella parola, provai a immaginarmi la reazione di Charlie. Però scossi via quel pensiero, riportando l'attenzione su di lui.

"D'accordo, allora. Poi se torni qui fammi uno squillo, anche se è tardi. Mi conosci. Casa mia è anche casa tua, quindi non preoccuparti. Anzi, magari prima entra un attimo a salutare Pancake."

"Pancake?" ripetei, con una risata. "Che fantasia."

Lo seguii in casa e Pancake ci corse incontro. Era tanto simile a Waffle da fare quasi impressione. Era snella quanto sua madre e aveva lo stesso pelo nero setoso con chiazze dorate. Era un poco più piccola, ma piena di energie, infatti cominciò a girarci intorno come una matta.

Ben incrociò il mio sguardo. "Ehi, guarda che il tuo cane l'hai chiamato Waffle. E poi le si addice, perché adora i pancake."

"Mi sembra giusto," replicai.

"Adesso siamo a posto. Dato che ti ha rivisto, se torni nel cuore della notte non ti prenderà per un assassino."

Dopo aver coccolato per bene Pancake, me ne andai per tornare in centro città.

Arrivai all'ospedale e passai al banco dell'accoglienza, sperando che qualcuno mi dicesse qualcosa. L'ospedale di Willow Brook era molto più piccolo e conoscevo quasi tutti gli infermieri, ma lì ero praticamente uno sconosciuto. "Salve," dissi alla receptionist. "Sono qui per vedere Olive Lane."

La signora mi sorrise, due occhi azzurri gentili dietro un paio di occhiali. Se li sistemò sul naso, un gesto che mi ricordò subito Charlie.

Picchiettò sulla tastiera e poi incrociò di nuovo il mio sguardo. "Dunque, è al terzo piano. Deve andare nella sala d'attesa. Prenda l'ascensore e poi il corridoio a destra. Troverà la sala più o meno a metà."

L'ascensore era lento come una lumaca. Arrivato al terzo piano, corsi lungo il corridoio e mi fermai quando vidi il cartello che indicava la sala d'attesa. Mi ci fiondai dentro e trovai Emily seduta sul fondo. Aveva gli occhi rossi per il pianto e le ginocchia portate al petto. Accanto a lei c'era Charlie, che le teneva una mano poggiata sulla spalla. Anche lei aveva gli occhi rossi.

Cominciò a battermi il cuore a mille per l'ansia. Attraversai la stanza e notai altre persone sedute. Mi fermai davanti ad Emily e Charlie, che ancora non mi avevano notato.

"Ehi, va tutto bene?" domandai.

Sollevarono lo sguardo, gli occhi sbarrati per la sorpresa. Emily si passò la manica sul naso. "Ciao, Jesse."

"Come sta Olive?" domandai a Charlie.

Si strinse nelle spalle, come se stesse cercando di non crollare di fronte a me. "Stiamo aspettando notizie."

"Ha una brutta febbre," aggiunse Emily.

Guardai di nuovo Charlie, aspettando conferma. Alzandosi in piedi, lanciò un'occhiata a Emily. "Ehi, senti, posso lasciarti qualche minuto da sola?"

Emily annuì e poggiò il mento sulle ginocchia. Seguii dunque Charlie in corridoio, confuso più che mai.

Si voltò a guardarmi, il viso teso. "Non è un buon momento, Jesse."

Mi fermai a riflettere su cosa dirle. "Senti, sono

passato a controllare la situazione. Ero preoccupato, ok? Se c'è qualcosa che posso fare, sono qui."

Charlie cominciò a tormentarsi le mani e mi guardò con occhi colmi di dolore. Dentro di me ero certo che stesse per chiedermi di andarmene e il mio cuore si strinse ancora prima che parlasse.

"Mia madre ha una brutta febbre e potrebbe trattarsi di polmonite. Emily l'ha presa molto male. Apprezzo che tu sia venuto fin qui, ma devo concentrarmi su questa situazione."

"Mi stai chiedendo di andarmene?"

Aveva senz'altro notato la frustrazione nella mia domanda. Ma non mi importava. Non riuscivo proprio a sopportare il fatto che continuasse ad allontanarmi nonostante avessi cercato di farle capire in tutti i modi che non avevo il benché minimo problema con quella vita che lei definiva sempre "complicata".

Ma proprio non riuscivo a ficcarglielo in zucca.

Alla mia domanda secca, sbarrò leggermente gli occhi. Ricominciò a torcersi le mani e poi fece un respiro profondo, raddrizzando la schiena.

"Sì, è così. Non so più che fare. Per me è davvero troppo."

"Avere una persona speciale nella tua vita sarebbe *troppo?*"

Mi resi conto subito di aver usato la tattica sbagliata. Ma in realtà ero comunque troppo turbato per lasciarmi guidare dalla ragione. Il dolore di quel suo rifiuto andava ad alimentare la frustrazione generale per la situazione. Ma ormai non potevo più rimangiarmi quelle parole.

Un lampo di rabbia le attraversò gli occhi. "Ascolta, Jesse. È stato tutto molto bello, ma non credo che per me sia il momento giusto per... un'avventura come la nostra." Indicò la sala d'attesa alle nostre spalle. "Devo concentrarmi su Em e mia madre."

La guardai negli occhi, cercando di mettere ordine tra le idee. Ma faceva un male cane. Ero furioso, furioso che riuscisse a rigettare con così tanta facilità quello che c'era tra di noi. "Quindi per te non sono stato altro che una bella scopata, buono a sapersi."

E così mi voltai, attraversando a passo rapido il corridoio. Charlie mi corse dietro e mi afferrò per la manica.

"Jesse, non è..."

Si fermò quando la guardai. "No, capisco. Non ci siamo mai promessi nulla, hai ragione. Speravo giusto che capissi che stavo semplicemente provando a offrirti il mio supporto e una spalla su cui piangere, ma a quanto pare mi vedi soltanto come uno dei tanti problemi che ti incasinano la vita."

Inspirò violentemente e due macchie rosso fuoco le tinsero le guance. Continuò a fissarmi, senza però dire nulla.

Un attimo dopo apparve un'infermiera alle nostre spalle. "Oh, la stavo proprio cercando."

Charlie resse il mio sguardo per un altro breve istante prima di girarsi dall'altra parte. "Devo andare."

E così, mi infilai le mani in tasca e la seguii con lo sguardo finché non scomparve nella sala d'attesa.

Quando arrivai da Ben, lo trovai che parlava al telefono. Mi invitò a entrare, ma scossi la testa e con un *grazie* presi Waffle e me ne andai.

Tanto sapevo benissimo che non sarei stato di alcuna compagnia. Guidai nella sera verso casa, ammirando il panorama. Uno stormo di oche starnazzanti solcava il cielo. Dopo una curva vidi la silhouette degli uccelli contro il sole calante, ombre scure su uno sfondo di colori caldi con sfumature dorate.

Capitolo Ventisette

CHARLIE

Il tessuto liscio della sedia mi scaldava la guancia. Mi svegliai lentamente nella sala d'attesa dell'ospedale, cominciando ad avvertire un certo torcicollo. Per fortuna avevano cercato di rendere la stanza il più accogliente possibile, dotandola di sedie morbide e imbottite. Ma nessuno sarebbe mai riuscito a passare una notte piacevole seduto in quella posizione.

Come se non bastasse, avevo pure un terribile mal di testa. Em dormiva poco distante, con le ginocchia portate al mento. I capelli corti erano tutti dritti e spettinati. A guardarla così mi si strinse il cuore. Quando dormiva le si addolcivano i lineamenti del viso e pareva proprio piccola. Con una mano stringeva l'orlo della giacca, viola come i capelli.

Mi tirai su e scossi piano la testa, per riprendermi. Presi lo zaino e mi diressi al bagno. Mi sciacquai il viso con acqua fredda, mi lavai le mani e poi i denti. Passai a spazzolarmi i capelli, che decisi di raccogliere in una coda. Presi anche dell'ibuprofene per il mal di testa e uscii per affrontare la giornata. Avevo disperato bisogno di caffeina, ma prima di tutto dovevo chiedere notizie di mia madre.

Una delle infermiere di turno la sera prima mi aveva assicurato che per qualsiasi cosa mi avrebbero fatto sapere loro, ma andai comunque personalmente a chiedere informazioni. Quel mattino trovai tutte persone diverse.

Una signora con riccioli biondi e occhi marroni brillanti sfoderò un sorriso sul suo viso rotondo quando mi avvicinai al bancone. "Buongiorno. Come posso aiutarla?" domandò, allegramente.

Sicuramente aveva già preso il caffè o magari aveva soltanto dormito bene. Le rivolsi un sorriso smorto e poggiai i gomiti sul tavolo. "Volevo giusto sapere se per caso ci sono novità su Olive Lane. Sono sua figlia."

Lanciai un'occhiata al cartellino sul petto: Rosie. Le si addiceva proprio. Controllò sui suoi schermi e poi mi guardò con un altro sorriso. "Nulla di nuovo, però ha dormito tutta la notte. Tra poco partono i giri di controllo. Tra un'ora invece comincia l'orario di visita, quindi può passare a trovarla."

"Per caso sa quando posso parlare con la dottoressa?" le chiesi.

Ero cosciente di quanto potesse essere frustrante ritrovarsi a gestire un familiare di un paziente che per lavoro faceva il medico. Eppure, dovetti mettercela davvero tutta per trattenermi dal bombardare l'infermiera di domande più specifiche. Le avrei tenute per la dottoressa.

Rosie armeggiò con il computer e poi riportò lo sguardo su di me. "Dovrebbe essere disponibile tra qualche minuto. Deve ancora controllare la cartella di sua madre. Vuole che la chiami?"

"Mi farebbe un favore, grazie."

Tornai in sala d'attesa quando Rosie mi assicurò che la dottoressa sarebbe arrivata a breve. Em stava ancora dormendo, quindi mi sedetti senza far rumore, in attesa. Jesse irruppe subito nei miei pensieri. Per quanto fossi preoccupata per mia madre, purtroppo non c'era nulla che potessi fare per lei. Ma con lui era tutta un'altra storia.

Mi sentivo terribilmente in colpa per averlo trattato in quel modo. Se n'era andato ferito e furioso. Non volevo che mi vedesse in quelle condizioni e volevo soltanto proteggerlo dalla mia negatività. Però forse avevo sbagliato.

Mi mancava da morire e in tutto quel caos mi avrebbe fatto molto piacere avere una spalla su cui poggiarmi. Però allo stesso tempo mi sembrava anche un qualcosa di troppo egoista, come se lo volessi intorno soltanto come valvola di sfogo. Invece da lui volevo molto di più.

Ma che accidenti ti è saltato in mente? È ovvio che gli piaci, e magari pure tanto. E tu che fai? Lo spingi via? Perché? Perché non riesci ad accettare il fatto che per lui varrebbe la pena abbassare le tue difese, vero?

Era una vera tortura e dovetti resistere al forte impulso di telefonargli. L'avevo cacciato e non mi sembrava affatto il momento giusto per chiamarlo. Perché poi in realtà non sapevo nemmeno cosa dirgli. Le mie priorità erano altre: parlare con la dottoressa, vedere mia madre e bermi un bel caffè.

La dottoressa Clark arrivò alla porta qualche minuto dopo e mi salutò. Fece per entrare e notò Em che dormiva, quindi mi alzai e la invitai a uscire in corridoio.

L'avevo conosciuta il giorno prima e mi aveva lasciato subito una bella impressione. Era una donna pragmatica, con capelli scuri corti, occhi marroni e occhiali stretti e squadrati. Era pure molto in gamba. Diede uno sguardo al tablet che aveva in mano e poi riportò gli occhi su di me. "Allora, ecco i parametri di questa mattina."

Me li mostrò e rimase in attesa. Mi venne da ridere quando realizzai che mi stava praticamente invitando a trarre le mie conclusioni.

"Beh, sono contenta che la febbre le stia passando," commentai. "Sembra si stia già stabilizzando. Qualche idea sulla causa?"

La dottoressa Clark elencò qualche opzione e poi si strinse nelle spalle. "Ma alla fine dei conti devi pensare che tua madre non è più giovane come un tempo. Penso che il rischio di una polmonite ci fosse, ma grazie a te siamo riusciti a intervenire per tempo. Immagino sia partito tutto con un comune raffreddore. Mi sembra di aver capito che questi ultimi anni sono stati piuttosto difficili per la vostra famiglia. Saprai benissimo che lo stato emotivo influenza molto anche la salute."

Mi poggiai alla parete, annuendo lentamente. "Lo so. Le manca papà. E tanto. Sembra felice di essere tornata in Alaska, ma..." Sollevai le mani in segno di resa, lasciandomele cadere lungo i fianchi.

La dottoressa annuì, gli occhi colmi di comprensione. "Immagino. Comunque sia, sono convinta che le basteranno un paio di giorni di ricovero per riprendersi. E quando la febbre sarà scomparsa potrò dimetterla. Ti consiglio anche di continuare a portarla in quella sala di riposo. Le piace stare in compagnia. Purtroppo i farmaci contro la demenza senile sono ben pochi, lo sai. Ma potremmo pensare di trovare qualche soluzione per tenere sotto controllo l'ansia, che ne dici? Prima ho parlato con il dottor Johnson ed è d'accordo con me."

Mi spiegò rapidamente i dettagli più tecnici e poi mi strinse con affetto la spalla. "Vedrai che andrà tutto bene. È difficile per tutti abituarsi all'idea che un familiare sta invecchiando. Ah, a proposito. Per quanto riguarda il bacino non c'è alcun problema, ma io consiglierei comunque di lasciarle il deambulatore. E sarebbe grandioso se riuscissi a convincerla a usarlo anche fuori casa. Molto meglio del bastone."

"Oh, sono proprio d'accordo," replicai con una risata. "Magari accennaglielo anche tu, per favore."

La dottoressa Clark rise. "Certamente, con piacere. Comunque, adesso sta dormendo, ma se vuoi puoi entrare anche se l'orario di visita comincia tra un'ora."

"Ma no, la lascio riposare. Per caso conosci qualche bel posticino in zona per fare colazione?"

Poco dopo tornai in sala d'attesa, pronta ad andare in una tavola calda lì vicino che a detta della dottoressa serviva ottimo caffè e omelette buonissime. Varcai la porta proprio mentre Emily si stava stiracchiando.

Si sfregò gli occhi e sollevò lo sguardo, con un sorrisino timido. "Buongiorno."

"Buongiorno. Vuoi andare a prepararti in bagno?"

Annuì e si alzò in piedi, passandosi lo zaino sulla spalla. Si era portata giusto lo spazzolino e un cambio. Nel frattempo, io cominciai a radunare le mie cose.

Jesse era ancora ben ancorato nella mia mente, ma mi costrinsi a rimandare la riflessione a un altro momento. Portai Em a fare colazione e dopo aver messo qualcosa nello stomaco cominciai a sentirmi di nuovo quasi umana.

Mentre io mi stavo gustando il caffè ed Emily stava finendo la sua omelette, sollevò lo sguardo e incrociò il mio. "Ma perché Jesse non è rimasto, ieri sera?"

Mi trattenni dal sospirare. Quando ero tornata in sala d'attesa, dopo averlo cacciato, non mi aveva chiesto nulla. E per fortuna, dato che non avrei avuto la forza di parlarne. Studiai quei suoi grandi occhi grigi, così simili a quelli di Karen. Per quanto avesse provato a distinguersi tingendosi i capelli di viola e tagliandoli molto corti, assomigliava comunque tanto a sua madre. Vedendola così, una fitta di dolore mi trapassò il cuore.

Bevvi un sorso di caffè, ragionando su cosa dirle. Mi stava guardando pazientemente e dal suo sguardo capii che non sarei riuscita a cavarmela con un evasivo *no comment*. Dopo un respiro profondo, le risposi. "Era meglio non restasse con noi. Non era un buon momento."

Si mise in bocca un boccone e lo mandò giù in fretta. Dopo un goccio d'acqua, mi guardò perplessa. "In che senso?"

"Ehm, beh, la nonna è ricoverata e tu eri piuttosto turbata. Non volevo aggiungere pure lui al mix, sai," farfugliai, poco convinta.

Em lasciò la forchetta e poggiò i gomiti sul tavolo. "Che idiozia. Devi sempre fare tutto da sola, eh?"

Mangiò un altro pezzo di omelette e sospirò profondamente. "E poi sarei io quella che non riesce a farsi amici," mormorò, alzando gli occhi al cielo.

Stavo per dirle che Jesse non era un amico, ma mi anticipò. "Sì, lo so che lui è più di un amico, zia."

Per poco non mi soffocai con il caffè e presi un tovagliolo per pulirmi qualche goccia dal mento. Un sorriso furbo le incurvò le labbra e continuò a mangiare. "Non sono mica cieca."

Dopo aver finito la colazione, tornammo in ospedale. Mia madre nel frattempo si era svegliata, quindi andammo a trovarla. Io ed Em passammo i due giorni seguenti accampate all'ospedale, fatta eccezione per qualche breve uscita per la città. E in tutto quel tempo, Jesse continuava a occupare un angolino della mia mente.

Capitolo Ventotto

JESSE

Erano passati diversi giorni da quando Charlie mi aveva cacciato dall'ospedale e, nel frattempo, non si era più fatta sentire. Testardo quanto lei, non avevo compiuto il benché minimo sforzo per contattarla. Non che ne andassi fiero Dopo aver giocato fuori in giardino con Waffle per qualche minuto, passai al Firehouse per fare colazione prima del lavoro. Mentre ero in coda per la cassa, sentii la voce di Beck alle mie spalle.

"Ehilà, Jesse," mi salutò, fermandosi al mio fianco.

Lo guardai e sfoderai un mezzo sorriso. "Buongiorno. Come va?"

"Beh, diciamo che un buon caffè migliora tutto. Sto praticamente per stabilire il record mondiale di più nottate di merda di fila."

"Oh?"

Mi strappò un sorriso sincero. Riusciva a fare lo spiritoso perfino con tutte le poche ore di sonno che si faceva.

"Guarda, è allucinante. Tra me e Maisie non so a chi va peggio. Io per ora sono riuscito a dormire due ore di fila, mentre lei un'altra notte è riuscita a farne ben tre."

"Quindi non sei di quei papà che lasciano tutto il lavoro alla mamma, eh?"

Beck scosse vigorosamente la testa. "Ma anche no. Non sarebbe corretto nei suoi confronti, soprattutto dopo che ha dovuto affrontare gravidanza e parto. Il minimo che possa fare è svegliarmi per i bambini. Purtroppo io non sono un biberon vivente, quindi di solito mi alzo prima io e controllo sempre qual è il problema, perché non sempre è la fame. All'inizio pensavamo che Carol fosse un angioletto, ma ora Max le ha praticamente dato il cambio."

Gli diedi una pacca sulla spalla. "Sei un brav'uomo."

Arrivammo da Janet, che ci rivolse un sorriso raggiante. "Buongiorno, ragazzi. Il solito?"

Beck annuì con convinzione. "Ci puoi contare. Ma nel mio aggiungi uno shot di espresso in più, che ne ho bisogno."

"Idem," risposi, quando Janet mi guardò.

Pagammo e poi ci facemmo da parte, mentre lei accoglieva i prossimi clienti e prendeva le loro ordinazioni prima di preparare i nostri caffè.

"Beh, Charlie come sta?" mi domandò Beck.

Ottimo, l'ultima domanda a cui avrei voluto rispondere. Perché in realtà la risposta non la sapevo neanche. Dopo una pausa, Beck mi lanciò un'occhiata perplessa. "Non ne hai idea, eh?"

"E tu che ne sai?"

"Oh, basta guardarti in faccia. C'hai proprio quell'espressione da 'e ora che cazzo gli dico?' La conosco bene. Ogni tanto capita anche a me." In quel momento Janet ci passò i nostri caffè e ci sedemmo a un tavolino in un angolo. "Cos'è successo?" mi chiese Beck.

Prima di rispondere alla domanda buttai giù diversi sorsi di caffè. "Bah, mi sa che ho rovinato tutto."

"E come?"

"Ho scoperto che sua madre è stata ricoverata ad Anchorage e mi sono fiondato da lei, ma mi ha praticamente cacciato."

"E com'è che sarebbe colpa tua?"

"Non so come l'abbia presa lei, ma so che ho fatto una stronzata perché quando mi ha mandato via mi sono incazzato."

Beck strinse le labbra, bevve un sorso di caffè e poi annuì. "Oh," disse infine.

"Tutto qui? Oh?"

Un altro lungo sorso di caffè e annuì di nuovo con decisione. "Eh, già. Sinceramente non saprei come può averla presa perché non la conosco molto bene. Ma arrabbiarti proprio quando sua madre è all'ospedale? Pessima mossa."

"Hai qualche consiglio da darmi?"

"Sì, lo stesso dell'altra volta."

"Rinfrescami la memoria, va'."

"Devi mettere tutte le carte in tavola. Non ha senso negarlo, *ha* una vita complicata. Deve prendersi cura di sua nipote e di sua madre. Ha passato un brutto periodo e ne sta ancora soffrendo. Quindi ha tutte le ragioni di questo mondo per preoccuparsi. Ma se sei davvero disposto ad accettare tutto quel bagaglio che si porta dietro, allora devi riuscire a farglielo capire."

Feci un respiro profondo e sospirai, annuendo.

"Meglio se questa volta segui il mio consiglio, però," aggiunse.

Mi feci una risata e mandai giù dell'altro caffè. "Ci proverò."

Qualche minuto dopo Maisie lo chiamò per avvisarlo che aveva scordato qualcosa a casa, quindi mi lasciò. Dato che ancora non me la sentivo di andare in caserma ed era relativamente presto, restai al tavolo. Janet arrivò poco dopo a chiedermi se volessi ordinare qualcosa, quindi presi un rotolino al prosciutto e le chiesi di scaldarmelo.

Mentre aspettavo che tornasse, la campanella sopra la porta risuonò per la sala. Di riflesso, mi voltai e vedi Charlie che entrava. Uno sguardo e il mio cuore parve esplodere. Reagì violento, come se la riconoscesse come la sua legittima proprietaria. Se prima di allora non ero mai riuscito a esprimere a parole ciò che provavo per lei, in quel momento compresi che non potevo assolutamente permettermi di lasciarmela scappare. Dovevo seguire il consiglio di Beck e dirle tutto quanto.

Era vestita per il lavoro, con dei pantaloni eleganti e una camicetta che poi avrebbe nascosto sotto il camice bianco. Quell'aria così professionale e rigida che emanava mi strappò un sorriso.

Si mise in fila e continuai a osservarla. Aveva i capelli raccolti e portava i suoi occhiali viola. In quel momento se li sistemò sul naso, ricordandomi quel nostro meraviglioso primo bacio.

Si guardò intorno e quando mi notò strabuzzò gli occhi per la sorpresa. La tentazione di alzarmi e andarle a parlare era fortissima, ma purtroppo eravamo in pubblico. Janet era impegnata col lavoro, ma non si faceva comunque mai sfuggire nulla.

Mi costrinsi a distogliere lo sguardo e bevvi un sorso di caffè, osservando i passanti fuori dalla finestra. Le giornate avevano cominciato ad allungarsi e le temperature erano aumentate, quindi la città si stava già riempiendo di turisti. In Alaska era sempre così, il caldo attirava folle sempre più numerose con il progredire della stagione.

"Janet mi ha chiesto di portarti questo," disse Charlie, alle mie spalle.

Mi voltai e vidi che in mano aveva un piatto con il mio rotolino al prosciutto. Lo lasciò sul tavolo, accanto alla tazza. Poi strinse la sua, cominciando a tormentare il coperchio di plastica con il pollice. Rimase lì in piedi senza dire nulla, quindi decisi di spezzare il silenzio.

"Tua mamma come sta?"

"Bene, tutto bene."

"Emily?"

"Beh, starebbe meglio se non avesse tutte quelle ore di attività di volontariato da fare per essere stata beccata a fumare a scuola, ma nel complesso tutto bene."

Parlai quasi senza neanche pensare. "Può venire ad aiutare in caserma, se le va."

I meravigliosi occhi grigi di Charlie si dilatarono leggermente e l'ombra di un sorriso le sfiorò le labbra. "Non ci avevo proprio pensato che potesse farle anche da voi, sai. Ma in realtà, prima di questa storia non mi ero mai posta il dubbio, sai com'è," disse con una risatina.

"Immagino nessuno si prepari per questo genere di cose. Comunque tu portala pure in caserma e rivolgiti a Maisie per l'organizzazione. Non è la prima volta che abbiamo ragazzini che vengono da noi."

Charlie annuì e deglutì nervosamente. Era abbastanza vicina che riuscii perfino a vedere il battito frenetico del suo cuore sotto la pelle sottile della gola.

Poi parlò talmente in fretta che feci quasi fatica a seguirla. "Scusami se mi sono arrabbiata quando sei venuto all'ospedale. Ero super stressata e preoccupata e non riuscivo a tenere sotto controllo le mie emozioni. Lo so che stavi solo cercando di aiutare."

Assorbii le sue parole e annuii. "Già, proprio così. Volevo solo restare al tuo fianco."

Il coperchio che stava continuando a torturare si aprì con un debole *click*. "Ehm, devo andare al lavoro."

"D'accordo, allora magari ci sentiamo più tardi."

Esitò per un breve secondo, come se volesse dire qualcosa. In quel momento, Janet si fiondò da noi, con un vassoio di piatti sporchi in mano.

"Vi porto qualcos'altro?" ci chiese in tutta fretta, guardando prima l'uno e poi l'altra con aria incuriosita.

"No," rispose Charlie. "Devo andare."

Detto ciò, si allontanò a passo svelto. Vederla andare via mi spezzò il cuore, ma non l'avrei comunque seguita davanti a tutti quegli occhi indiscreti. Non era ancora il momento.

Capitolo Ventinove

CHARLIE

Quella sera, mi abbandonai sulla sedia dell'ufficio e mi slegai i capelli, che ricaddero in onde sulle spalle. Di nuovo, pensai a Jesse. Ormai era parcheggiato ventiquattr'ore su ventiquattro nella mia mente. L'incontro di quella mattina al Firehouse mi aveva fatto molto male. Avrei tanto, tanto, voluto dirgli di più, ma ancora non sentivo di essermi rimessa completamente in piedi.

Codarda, sussurrò una vocina nella mia mente.

Lanciai l'elastico sulla scrivania e mi alzai per avvicinarmi alla finestra. Quella sera lavoravo fino a tardi e si erano fatte ormai le sette di sera. Il sole aveva appena cominciato la sua discesa oltre l'orizzonte. Il profilo dei monti risaltava contro le sfumature violette e arancioni che tingevano il cielo.

Con il tempo stavo cominciando a capire perché ai miei genitori l'Alaska era sempre mancata così tanto. Era un posto di una bellezza mozzafiato e spettacolare. Si riusciva a percepire il battito stesso della vita e in confronto alle imponenti montagne e ai chilometri di natura incontaminata ci si sentiva piccoli piccoli.

Mi si strinse il cuore e un nodo mi chiuse la gola. Jesse mi mancava da morire e dovevo a tutti i costi trovare il coraggio di parlargli.

Bussarono alla porta e Rachel entrò nell'ufficio. Mi voltai e poggiai i fianchi al davanzale, arricciando le dita sul bordo.

"Lo capisco subito che sei tu, sai?" commentai, mentre si chiudeva la porta alle spalle.

Mi rivolse un sorriso. "E come?"

"Perché sei l'unica che bussa ed entra subito. Non che mi dispiaccia, eh. Anzi, mi piace."

Rachel mi raggiunse e si mise nella mia stessa posizione.

"Beh, per pranzo sono passata al Firehouse per un caffè," esordì lei.

"Mh, ok. Mi fa piacere," risposi, non trovandoci assolutamente nulla di strano. Mi voltai e vidi che le brillavano gli occhi. "Cos'è successo?"

"Oh, niente di che. Janet mi ha giusto detto che stamattina ti ha vista parlare con Jesse e che quando te ne sei andata gli hai spezzato il cuore."

Un'emozione soffocante mi serrò il petto e la gola. Sentivo di voler piangere. In qualche modo, avevo spezzato anche il mio di cuore. O almeno avevo aperto una crepa. E quella crepa faceva un male cane, come quando si lacera la pelle delle nocche e la ferita continua a riaprirsi ogni volta che muovi la mano. Era ormai da giorni e giorni che portavo dentro quel dolore acuto e persistente.

Il luccichio nei suoi occhi si trasformò in un velo d'ansia. "Ehi, guarda che scherzavo. Tutto ok?"

Dovevo sedermi. Mi spinsi via dal davanzale e mi buttai sulla sedia, portando le ginocchia al petto. La posizione mi ricordò subito Em. In realtà però era una tattica di difesa che avevo adottato fin da bambina, mentre Karen mi prendeva sempre in giro perché sembravo uno di quegli insettini che si chiudevano in una pallina quando si sentivano in pericolo.

Il fatto che Emily avesse ereditato da me quella piccola abitudine mi colmava il cuore di gioia.

Rachel si sedette davanti a me. "Parlami, Charlie. È da giorni che ti vedo giù, ma pensavo fossi solo preoccupata per tua madre. Che succede?"

Alla fine le raccontai tutta quanta la storia da quando avevo cacciato Jesse dall'ospedale e che ormai non sapevo più cosa fare per farmi perdonare.

Alla fine, Rachel non disse nulla e sospirò profondamente. La guardai, alzando gli occhi al cielo. "Mamma mia, sei proprio come Em, la campionessa mondiale di sospiri."

"Ehi, perlomeno io non mi sto comportando da ragazzina egocentrica. *Devo fare tutto da sola!*" esclamò, posandosi una mano sul petto con fare teatrale.

"Parlo davvero così?" le chiesi, sbigottita.

Mi guardò con aria seria. "No, non proprio. Lo so che hai un sacco di carne sul fuoco, ma non puoi permettere che ti ostacoli. Jesse l'ha messo in chiaro fin da subito che non ha alcun problema con questa tua vita *complicata*. Smettila di allontanarlo, perché in fondo neanche tu vorresti farlo. Guarda che nessuno ha una vita facile. Basterebbe un niente per far precipitare anche la mia. Hai subìto due perdite molto sentite che ti hanno disorientata, ma purtroppo è la vita. Dovresti ritenerti fortunata ad aver trovato un uomo come Jesse, sai?"

"E come mai?"

"Perché le persone le si conoscono veramente soltanto nei momenti di crisi. Lui sta entrando nella tua vita dopo averti vista al tuo peggio. Sai quante coppiette perfette sono scoppiate dopo aver trovato un muro davanti al cammino? Con voi invece è tutto l'opposto. Senti, secondo me devi andare a parlargli oggi stesso. E non provare a trovare scuse, ci penso io a portare la pizza a Emily e tua madre. Ci facciamo una bella partita a carte, che mi diverto un mondo. Tanto adorano la pizza, no?"

Rachel aveva cenato qualche volta con noi, quindi sapeva quanto si divertissero quelle due a giocare a carte. Scoppiai a ridere tra le lacrime. "Ok, d'accordo. Allora avviso subito Em che passi a casa."

"Oh, no," disse Rachel mentre prendevo il telefono dalla tasca. Un attimo dopo me lo strappò di mano. "Non pensarci neanche. Ti conosco, potresti trovare comunque una scusa per tornare a casa e non andare da Jesse."

"Ehi, ridammelo!" protestai, cercando di riprendermelo.

Rachel sollevò il braccio, ridendo mentre io la fulminavo con lo sguardo. "Password, grazie!" esclamò.

Mi arresi e le risposi. "Uno, due, tre, quattro."

Rachel mi guardò come fossi pazza.

"Non sono brava a ricordare le password. E tanto non ho nulla da nascondere."

"Oddio, non avete manco fatto sexting! Devi farti una vita, bella mia."

———

Quando arrivai nel vialetto di Jesse, sentivo il battito del mio cuore martellarmi nelle orecchie. Mi sudavano le mani e mi si stavano torcendo le budella.

Ero nervosissima.

La volta in cui mi aveva portata a casa sua, avevamo attraversato la foresta col buio. Arrivare dal davanti era proprio diverso. Aveva un vialetto circolare, dove in quel momento c'era parcheggiato il suo pick-up. Un profondo senso di terrore misto a sollievo mi pervase.

Puoi farcela, Charlie. Devi soltanto dirgli che hai sbagliato e... E poi cosa? Lo ami. Chi se ne frega se il tempismo non è dei migliori?

L'emozione mi chiuse la gola. Fermai la macchina e feci dei bei respiri profondi per calmarmi. Dopo aver spento il motore, calò un silenzio quasi inquietante, che aiutò ben poco a tenere sotto controllo le mie emozioni. Scesi dall'auto e Waffle cominciò ad abbaiare. Mi scappò un sorriso. Senza vederla sembrava davvero un pericoloso cane da guardia.

Feci un altro bel respiro, sperando di non svenire prima di arrivare alla porta. Mi fermai un attimo ad ammirare la casa. Sembrava diversa rispetto a come la ricordavo, ma in fondo l'avevo vista soltanto dal retro, per di più col buio. Arrossii ripensando a quella notte.

Dal davanti la casa si integrava alla perfezione al paesaggio, immersa tra gli alberi con il suo rivestimento in legno scuro. C'erano una pedana curva e un giardino disseminato di fiori selvatici. Con un altro respiro profondo, presi il sentiero in pietra che portava all'ingresso. Bussai e rimasi in attesa, col cuore che mi batteva in gola talmente forte da sovrastare l'abbaiare di Waffle.

Continuai ad aspettare e aspettare. Quando Jesse non venne ad aprire, mi sentii completamente smarrita. Ero quasi tentata di tornare a casa, a piedi, dimenticandomi di essere arrivata in macchina.

Feci il giro della casa e vidi il sentiero tra gli alberi. L'atmosfera al tramonto era molto diversa senza il bagliore argenteo della luna sugli alberi. Era una scena così meravigliosa e selvatica, le foglie lasciate umide dall'ultima neve ormai sciolta. Dei rametti scricchiolarono sotto i miei piedi. Nell'aria si sentivano i canti degli uccelli, mentre due scoiattoli mi sfrecciarono davanti, squittendo quando notarono la mia presenza.

Mi fermai un attimo e feci un bel respiro per calmarmi. L'aria frizzante profumava di abete rosso. La natura pullulava di vita, pronta a rinascere dopo il lungo inverno.

Dei passi riecheggiarono alle mie spalle e mi voltai. Era Jesse. Mi si bloccò il cuore in gola e lacrime calde mi riempirono gli occhi. Non riuscivo più a contenere le mie emozioni straripanti.

"Ehi," esclamò.

Mi fermai ad ammirarlo. Indossava dei jeans che gli abbracciavano i muscoli delle gambe e degli stivali in pelle. La maglietta blu scuro non lasciava *nulla* all'immaginazione. Si passò una mano tra i capelli e il mio sguardo venne calamitato dal bicipite.

Gli ultimi raggi di sole filtravano tra gli alberi, illuminando il terreno e riflettendo sui suoi capelli. Il mio cervello tagliò fuori ogni rumore della natura quando si fermò di fronte a me.

"Ti ho sentita bussare, ma stavo facendo il bucato e non sono arrivato in tempo."

"Oh."

Perfetto, avevo perso di nuovo la facoltà di parola. Eppure c'erano così tante cose che avrei voluto dirgli. Ma l'emozione del momento era troppo forte e non riuscivo a controllarmi.

Jesse mi guardò e fece un respiro profondo. "Senti, non mi sarei dovuto arrabbiare così tanto quando mi hai mandato via dall'ospedale. Volevo dirti che mi dispiace." Parlava con voce cupa e triste, gli occhi sofferenti.

Scossi vigorosamente la testa. "No, sono io quella che deve chiederti scusa. È... È che..." Mi si bloccarono di nuovo le parole in gola, ma non potevo arrendermi. "È difficile ammetterlo, ma non mi piace dover contare sugli altri. Non ho bisogno di te perché sei sempre disposto ad aiutarmi, sei molto gentile e non hai paura della mia vita. Ho bisogno di te perché ti amo e stare con te è tanto semplice e liberatorio. Non so però cosa fare con questi sentimenti e non voglio buttarti addosso tutti i miei problemi. Non voglio peggiorare il nostro rapporto e non voglio neanche che un giorno tu possa pentirti di aver scelto me..."

Mi fermai a respirare perché avevo detto tutto d'un fiato.

Lo sguardo di Jesse si addolcì e qualunque sentore di diffidenza scomparve. Eravamo a neanche mezzo metro di distanza. Gli bastò una falcata per raggiungermi. Mi prese dunque per mano, la stessa mano che non ero riuscita a tenere ferma manco un secondo durante quel discorso.

"Non devi scusarti nemmeno tu. Credo di essermi innamorato subito di te, sai? Ma non l'avevo capito. Sarà perché non cercavo l'amore. Ti trovavo solo sexy da morire." Lo disse con un ghigno e il mio stomaco prese a fare le capriole, mentre un brivido mi percorreva tutta. Il mio cuore invece cominciò a fare un balletto della vittoria nel petto.

Jesse continuò, i suoi occhi verdi fissi nei miei. "La penso proprio come te. Quando siamo insieme è tutto così semplice, perché tutte le mie preoccupazioni svaniscono. Continui a ripetermi che la tua vita è complicata e, sinceramente, non posso darti torto. Però voglio che tu capisca che per me non è un problema. Anzi, voglio poterti aiutare con Em e tua madre. Non ce la faccio a vederti trasportare da sola un fardello così grande."

Mi resi conto che stavo piangendo soltanto quando

Jesse asciugò una lacrima con il pollice. Un attimo dopo mi baciò e mi abbandonai contro di lui, fondendomi con il suo corpo. Le mie emozioni più selvagge stavano cominciando a essere incontrollabili, ma valeva lo stesso anche per lui.

Venni riportata alla realtà quando Waffle zampettò verso di noi e strofinò il corpicino morbido contro le mie gambe.

Jesse spostò di mezzo centimetro la bocca dalla mia, e mentre parlava sentivo muovere le sue labbra. "Siamo in mezzo al bosco."

Mi feci una risata, un turbine di emozioni dentro. "Già. Possiamo tornare da te?" gli chiesi, sentendo benissimo l'erezione calda e dura che premeva contro il basso ventre. Mi sentivo travolgere da un'ondata devastante di desiderio che dovevo assolutamente placare.

"Non devi tornare a casa?"

"No, c'è Rachel. Oggi abbiamo parlato e mi ha detto senza mezzi termini che sono stata una stupida. Mi ha sequestrato il telefono ed è passata a prendere mia madre," gli confessai con una risata, sentendo le guance in fiamme.

Jesse rovesciò indietro la testa e scoppiò a ridere, poi si girò, senza lasciarmi andare la mano. "Allora dopo dovrò ringraziarla."

"Oh, e mi ha pure rimproverato perché non abbiamo mai fatto sexting."

Un luccichio malizioso gli attraversò gli occhi e cominciammo praticamente a correre verso casa sua.

Ci fiondammo dentro e notai che Waffle era rimasta fuori in cortile. Mi fermai e guardai Jesse. "Dobbiamo farla entrare?"

"Oh, no, figurati. Starebbe fuori per ore," mormorò, cominciando a spogliarmi.

Capitolo Trenta

JESSE

Charlie era davanti a me, la camicetta quasi a brandelli. Già, non ero riuscito a trattenermi. I capezzoli umidi dai miei baci erano sull'attenti. Si sedette sul bancone della cucina con soltanto la camicetta aperta e un minuscolo filo di seta nera tra le gambe. Con il fiatone, mi aprì la cerniera dei pantaloni e avvolse le dita calde sopra l'erezione pulsante, per poi abbassare con un colpo deciso le mutande.

Mi sfuggì un grugnito gutturale quando passò il pollice sulla punta, prendendo una goccia di eccitazione. Sollevò quei suoi profondi occhi grigi per trovare i miei e si infilò il dito in bocca. Cominciò a pulirlo passionalmente con la lingua e quasi mi cedettero le ginocchia. I capelli le ricadevano arruffati sulle spalle. Le avevo subito tolto l'elastico e gli occhiali. Era sexy da morire pure con quelli, ma non volevo rischiare di romperli.

Chinai la testa e cominciai a morderle la curva del collo per sentire il suo sapore. Un verso strozzato le lasciò le labbra e sollevai la testa. "Ho bisogno di te," mormorai.

Infilai le dita sotto l'orlo delle mutandine e gliele sfilai. Fu così gentile da aiutarmi, sollevando il bacino dal ripiano per poi lanciarle via.

La trascinai sul bordo del bancone e afferrai la base dell'erezione, facendola scivolare sulla carne calda e umida delle labbra. Senza mai distogliere lo sguardo, le portai una mano sul viso. "Ti amo."

Le brillarono gli occhi e deglutì, gemendo piano quando le carezzai di nuovo quel punto così delicato. Con un sospiro tremulo, mi sfiorò la guancia. "Ti amo, Jesse," mormorò.

Restammo fermi così per qualche istante, avvolti nella nostra piccola bolla di intimità. Quando affondai dentro di lei, mi sentii finalmente completo. Il canale caldo e accogliente pulsava attorno a me mentre la penetravo fino in profondità.

Poggiai la fronte alla sua e le feci scivolare la mano lungo la schiena, fino ad afferrarle il fianco. Cominciammo a muoverci all'unisono, ogni spinta mi portava sempre più verso il limite mentre lei si inarcava verso di me.

C'ero già molto vicino e sapevo che non avrei resistito molto più a lungo. Le portai dunque una mano tra le gambe e le carezzai il bocciolo turgido con il pollice, finché il suo sguardo non arse intensamente e un urlo squarciò il silenzio. Tremò tutta e si strinse come una morsa attorno al mio pene.

Soddisfatto, mi lasciai andare ed esplosi dentro di lei, travolto da ondate di piacere. In quel momento Charlie fu la mia ancora di salvezza, altrimenti mi sarei perso in quella tempesta disastrosa. La strinsi a me, mentre riprendevo fiato, e mi poggiò la testa sulla spalla.

Facevo ancora fatica a respirare quando mi carezzò

la schiena e cominciò a grattarmi dolcemente la nuca, provocandomi altre scosse di piacere.

"Mi sei mancato," disse con un filo di voce. "E non pensavo fosse possibile sentirsi così dopo solo poco tempo."

Sollevai la testa e mi fermai ad ammirarla. Era bellissima, con le guance arrossate, le labbra gonfie e i capelli spettinati. "Lo so. Mi sei mancata anche tu."

Dopo esserci rivestiti e aver fatto tornare Waffle in casa per la cena, mi girai verso Charlie. "Devi tornare a casa?"

"Sì. Non posso neanche chiamare Rachel per sapere come va, dato che il mio telefono ce l'ha lei," rispose, con un sorriso imbarazzato.

"Ti accompagno io, che ne dici?"

"Resti da noi?"

La sua domanda mi spiazzò e sicuramente lo notò pure lei. Infatti arrossì e si strinse nelle spalle. "Em ha già capito tutto, quindi ormai se n'è fatta una ragione. Poi lo sai che mia mamma ti adora."

Quella notte, mi addormentai con il corpo caldo di Charlie tra le braccia.

EPILOGO
Charlie

Oltre un anno dopo.

Il vento sferzava sul parcheggio dietro la caserma di Willow Brook. Era una brutta giornata di pioggia, ma grazie al cielo il meteo non aveva rimandato il ritorno della squadra di Jesse.

Amava il suo lavoro perché lo rappresentava molto. Lo amavo anche io, ma ogni volta che partiva mi mancava sempre da impazzire. Quella missione in particolare l'aveva tenuto lontano da me per tre settimane. La stagione degli incendi si era rivelata più intensa del solito. Erano stati chiamati nell'Alaska interna per domare un violento incendio che minacciava di raggiungere Fairbanks e diverse piccole comunità.

Durante le missioni provava a farsi sentire il più possibile, ma spesso significava anche solo una volta alla settimana. In fondo passava il tempo nella natura più selvaggia e sperduta, dove di certo non c'era campo.

Mi fiondai dentro e mi tolsi il cappuccio. Dopo aver tolto l'acqua in eccesso dalla giacca, attraversai il corridoio per raggiungere l'ingresso. Sorrisi quando vidi Em dietro al bancone, accanto a Maisie. Erano intente a guardare qualcosa, probabilmente qualche documento.

L'anno prima, che sembrava ormai lontano anni luce, Emily aveva lavorato alla caserma per una punizione data dalla scuola. Era stata talmente brava che il capo della polizia, Rex Masters, le aveva offerto un lavoro part-time.

In pratica, le toccava fare tutte quelle cose che nessuno aveva mai il tempo di fare. Ovvero aiutare Maisie a gestire le telefonate, pulire i camion e organizzare l'attrezzatura. Dopo aver passato così tanto tempo in caserma, sognava di diventare una hotshot. Sinceramente io non ne ero molto convinta, essendo un lavoro massacrante e pericoloso.

Ma dato che ormai era diventata la sorellina adottiva di tutti i ragazzi delle tre squadre, non avevo dubbi che un giorno avrebbe davvero intrapreso quella strada. Avevamo ancora i nostri alti e bassi, ma il lavoro aveva portato una gioia tutta nuova nella sua vita. Per lei avrei messo da parte tutte le mie ansie, per supportarla e sostenerla nei suoi sogni.

Maisie sollevò lo sguardo e mi notò. "Oh, ciao Charlie. Mi chiedevo proprio se avessi letto il mio messaggio."

Em mi guardò e mi salutò, per poi girarsi verso lo schedario dietro Maisie.

"Certo, ma ero troppo impegnata per chiamarti. Quindi ho pensato di venire direttamente qui quando ho finito. Ci sono novità sul rientro?"

Maisie scosse la testa, facendo agitare la cascata di riccioli scuri. Em si voltò, chiudendo un cassetto. "No, nessuna novità, zia Charlie. Ma tranquilla, Jesse tornerà presto," mi disse con un sorriso.

Proprio la sera prima mi stava un poco prendendo in giro perché ogni volta che lui partiva passavo giornate a piangere. In quell'ultimo anno da quando finalmente io e Jesse eravamo riusciti a confessare il nostro amore, erano successe molte cose. Prima di tutto, alla fine del contratto di affitto ci eravamo trasferite tutte e tre da lui.

Le condizioni di mia madre erano stabili. La memoria era pessima come un tempo, ma perlomeno non sembrava peggiorare. A dispetto di tutte le mie remore, accettare un uomo come Jesse nella mia vita mi aveva dato un'ancora a cui potermi aggrappare sempre e comunque. Maisie, diventata ormai un'ottima amica, mi aveva fatto notare che probabilmente le mie preoccupazioni si erano placate perché non ero più da sola.

Eravamo anche riuscite a integrarci bene nella comunità di Willow Brook e ci sentivamo a casa. Finalmente eravamo riuscite a voltare pagina, con lo sguardo rivolto al futuro. Emily era rimasta la tipica adolescente che rischiava di sbroccare da un momento all'altro, soprattutto con me. Ma andava bene così.

Em alzò gli occhi al cielo quando mi strinsi nelle spalle. "Devo andare ad aiutare Rex con alcuni documenti. Poi ci pensa Georgie a portarmi a casa, ok?"

Si riferiva alla moglie di Rex, che quando poteva cercava sempre di riaccompagnarla a casa. Vivevano giusto in fondo alla strada, quindi le veniva comodo. E mi era di grande aiuto quando dovevo stare alla clinica fino a tardi. Quel giorno, quel tempo libero avrei tanto preferito passarlo con Jesse. Dopo tre settimane lontani, non era soltanto il mio cuore a sentire la sua mancanza.

"Certo, nessun problema. Allora ci vediamo quando torni," le dissi, e così si voltò e attraversò la porta che collegava la caserma alla stazione di polizia.

Mi poggiai dunque al bancone e guardai Maisie. "Anche tu sarai contenta di riavere Beck a casa."

"Oh, cielo, non ne hai idea. So che ama il suo lavoro, ma mi manca sempre da morire. Mi rendo conto di quanto è fondamentale il suo aiuto solo quando non c'è."

"Beh, dai, non mi sembra di averti mai sentito dire che non aiuta in casa."

Un sorriso mesto le sfiorò le labbra. "Certo, ma lo sai com'è."

Dato che anche la squadra di Beck era partita in missione con quella di Jesse, sarebbero tornati entrambi proprio quel giorno.

"A proposito di bambini, Lucy sembra proprio al settimo cielo," aggiunsi.

Maisie sfoderò un sorriso raggiante. "Eh, già. Non era davvero convinta di volere figli, ma ora che è incinta è felicissima. E tu, invece?"

Sperai con tutta me stessa che le mie guance non rivelassero il segreto che non vedevo l'ora di condividere con Jesse. Doveva essere il primo a saperlo. Però era difficile non raccontarlo a un'amica come Maisie. Con nonchalance, mi strinsi nelle spalle. "Bah, non saprei. Sono già bella impegnata a crescere Em."

"Em è una ragazzina *splendida,*" replicò Maisie, con enfasi.

"Lo so benissimo."

In quel momento, sentimmo il distinto rumore di un elicottero in avvicinamento. Maisie armeggiò rapidamente con la tastiera e chiamò la caserma di Anchorage per chiedere il cambio per alcuni minuti.

Dopodiché, corsi con lei sul retro, per raggiungere la piattaforma di atterraggio.

Per via del tempo, l'elicottero dovette atterrare molto lentamente e ondeggiò un poco come toccò terra. Noi due restammo a distanza di sicurezza, ad aspettare che i ragazzi scendessero.

Jesse uscì per ultimo, insieme a Beck e Caleb. Ella ci raggiunse proprio in quel momento e lanciò un fischio nella pioggia. Ma nessuna di noi aveva voglia di perdersi in chiacchiere.

Non riuscivo a strappare gli occhi di dosso da Jesse, che si avvicinava col borsone in spalla. Agitò la mano contro la pioggia, come se potesse fermarla. Un sorriso gli incurvò le labbra e poi prese a correre verso di me, attirandomi contro il suo corpo muscoloso con un braccio solo.

Avvolti dalla pioggia, mi abbandonai sulla sua spalla e tirai un bel respiro profondo. Odorava di fumo, terra e pioggia. Sollevai poco la testa e gli spostai i capelli fradici dal viso.

"Mi sei mancata," mormorò, catturando le mie labbra in un bacio.

Le nostre lingue cominciarono una danza sensuale, che fermai quando mi scappò da ridere. "Lo sai che siamo sotto la pioggia, davanti a chissà quante persone?"

Con una risata, si strinse nelle spalle. "Non mi importa."

"Dai, andiamo," gli dissi, scivolando via dal suo abbraccio.

Lo portai al suo pick-up fermo nel parcheggio, dato che ero arrivata con quello. Per quanto fosse esausto dopo tre settimane di lavoro massacrante, mi aprì comunque la portiera. Quei piccoli gesti riuscivano sempre a sciogliermi il cuore.

"Emily è qui?" mi domandò.

"Sì, ma poi la porta a casa Georgie."

"Allora arrivo subito, prima voglio salutarla."

Chiuse la portiera e il rumore della pioggia si fece distante. Ero estremamente felice che avesse accettato così facilmente Emily nella sua vita. La trattava come fosse sua figlia. E dato che lei un padre non ce l'aveva mai avuto, era un qualcosa di davvero speciale.

JESSE

Quella sera, Charlie lanciò un urlo di piacere e si strinse attorno al mio membro proprio quando un orgasmo violento mi travolse. Si abbandonò sopra di me, il corpo caldo e morbido, la pelle sudata contro la mia. Mentre riprendevo fiato, le carezzai la schiena e presi a giocare con le punte dei capelli.

Era proprio il tipo di *bentornato* che preferivo. Finalmente anche io avevo capito quanto fosse bello tornare a casa dopo una missione quando c'era qualcuno ad aspettarti. E io avevo Charlie, Emily, Olive e Waffle. Quel ritorno fu ancora più speciale, perché Charlie mi aveva confessato di essere incinta. Giusto qualche mese prima ci eravamo liberati di qualsiasi contraccettivo, per vedere un po' dove sarebbe andata a finire. Mi aveva comunque consigliato di non sperarci troppo, dato che aveva già trentadue anni. Provai a immaginare il nostro futuro con un bambino. Ero sicurissimo che nostro figlio sarebbe stato senz'altro una bella gatta da pelare, considerando la testardaggine e la tenacia di Charlie. Ma in realtà ero emozionato da morire.

In quell'ultimo anno la mia casa era cambiata completamente, ma non sarei mai tornato indietro. Ogni tanto la vita mi sbatteva qualche porta in faccia, ma con Charlie al mio fianco non aveva alcuna importanza. Ma soprattutto, tutti quei problemi che ci avevano impedito inizialmente di stare insieme non avevano fatto altro che renderci più forti. Ero convinto che Charlie fosse l'unica cosa che potessi mai desiderare dalla vita, ma ero grato di avere anche Emily e Olive. Em la consideravo praticamente una figlia, mentre la dolce e furba Olive era sempre un'ottima compagnia.

Mia mamma ci aiutava quando ne avevamo bisogno, ma Olive continuava comunque a frequentare il gruppo della casa di risposo, quindi non si sentiva mai sola. Ai tempi, quando avevo accettato i miei sentimenti per Charlie, credevo sarebbe stato più semplice. Non pensavo che amando lei mi sarei innamorato anche della sua famiglia.

La sentii sollevare la testa e poggiò il mento su una mano. Aprii gli occhi e trovai i suoi, così intensi da farmi battere forte il cuore. Quel cuore che aveva conquistato fin da subito

"È bello averti a casa,' mormorò.

"Già. Ma adesso sono ancora più esausto," commentai con una risata. "Sinceramente, pensavo di essere talmente stanco da non riuscirci nemmeno."

"Beh, dai, sono passate tre settimane. Vedi di recuperare tutto il tempo perso," replicò, con un sorrisino malizioso

Scivolai piano sopra i cuscini, per poggiarmi alla testiera del letto. Lei mi seguì, mettendosi a cavalcioni sopra di me. In quelle settimane avevo avuto molto tempo per riflettere. Con il cuore che mi martellava nel petto e l'emozione che mi strozzava la gola, presi tra le dita la simpatica ciocca viola. Sentii che era un segno. Ogni mese Emily le tingeva i capelli e l'ultima volta aveva aggiunto due ciocche in più.

"Allora, stavo pensando a una cosa," le dissi, lasciando la frase in sospeso. Charlie si mosse e si strinse attorno a me, riaccendendo le fiamme di desiderio. Cosa che, date le circostanze, era un vero miracolo.

"Ovvero?" domandò, la voce roca.

Avrei preferito aspettare un momento più romantico, ma in fondo non c'era nulla di più intimo che essere congiunti così perfettamente l'uno con l'altro.

"Voglio sposarti."

Calò il silenzio, spezzato quando risucchiò un respiro sorpreso. Un senso di ansia mi strinse il petto. Probabilmente avevo corso troppo.

Ma poi Charlie cominciò a piangere e annuì vigorosamente, ancora e ancora. "Sì, sì, sì." Fece una pausa. "Oh, era una domanda?"

Annuii e mi tempestò il viso di baci. Poi si tirò su e inclinò la testa di lato. "Em sarà contentissima, sai?"

"Davvero?"

Charlie annuì. "È cresciuta senza un padre, quindi immagino abbia paura di essere abbandonata di nuovo. Ogni tanto mi fa qualche domanda su di te e su noi due. Nulla di troppo serio, ma sembra molto interessata."

"Ecco, a tal proposito." Mi fermai e feci un bel respiro profondo. "Sappi che sono pronto a fare ciò che ritieni più opportuno tu."

Charlie annuì lentamente. "Ok, riguardo a cosa?"

"Per me Emily è diventata come una figlia. So che quando l'hai adottata suo padre ha rinunciato completamente al suo ruolo. Quindi pensavo che, se Emily vuole, potrei adottarla ufficialmente anche io. Però non voglio che pensi che..."

Mi fermai perché Charlie scoppiò di nuovo a piangere.

"Sono lacrime belle o brutte?" chiesi un attimo dopo, confuso dalla sua reazione.

Charlie sollevò la testa e si asciugò le lacrime. "Belle, molto belle. Sei l'unica figura paterna che abbia mai avuto, a parte suo nonno. Credo che dovresti chiederglielo quando siete voi due da soli. La decisione spetta soltanto a lei."

"Sono terrorizzato solo al pensiero," ammisi.

Charlie scoppiò a ridere e stampò un bacio delicato sulle mie labbra. "Se riesci a gestire me, riesci a gestire pure lei."

Mi addormentai con Charlie stretta al petto. Il mattino seguente portai fuori Emily per la colazione e pianse pure lei. Ma per la gioia.

Quella sera, durante la cena con la famiglia al completo, quando lo sguardo dolce di Charlie incrociò il mio realizzai che ormai il mio cuore apparteneva a lei e a lei soltanto.

A seguire, la storia di Jasmine e Donovan in Giochiamo Col Fuoco. Una rissa in un bar li fa conoscere. Una rissa, beh, iniziata da lei. Il tenebroso e sexy Donovan sente subito un'attrazione smisurata verso questa donna così impetuosa. Non perderti la storia di Donovan!

L'AUTORE

J. H. Croix, autrice bestseller americana, vive con il marito e due cani molto viziati in una piccola cittadina del Maine. Croix scrive romanzi contemporanei da capogiro, con eroine grintose e maschi alfa che non hanno paura di mettere a nudo le proprie emozioni. Il suo amore per i borghi suggestivi e i loro abitanti traspare dalla sua scrittura. Lasciatevi trasportare nel mondo turbolento dei suoi romanzi bestseller!

jhcroixauthor.com
jhcroix@jhcroix.com

9 781954 034419